U0836249

SHORT CLASSICS
短经典精选

REWARD SYSTEM

Jem Calder

犒赏系统

〔英〕杰姆·考尔德 著　陈新宇 译

人民文学出版社
PEOPLE'S LITERATURE PUBLISHING HOUSE

著作权合同登记号 01-2024-3291

Jem Calder
REWARD SYSTEM

Copyright © Jem Calder, 2022
Simplified Chinese edition copyright © 2025 by Shanghai 99 Readers' Culture Co., Ltd.
All rights reserved.

图书在版编目(CIP)数据
犒赏系统 /（英）杰姆·考尔德著 ; 陈新宇译.
北京 : 人民文学出版社, 2025. --（短经典精选）.
ISBN 978-7-02-019029-4
Ⅰ. I561.45
中国国家版本馆 CIP 数据核字第 20241KX521 号

总 策 划 **黄育海**
责任编辑 **朱卫净　骆玉龙**

出版发行 **人民文学出版社**
社　　址 **北京市朝内大街 166 号**
邮政编码 **100705**

印　　制 **凸版艺彩(东莞)印刷有限公司**
经　　销 **全国新华书店等**

开　　本 **889 毫米×1194 毫米　1/32**
印　　张 **8**
字　　数 **148 千字**
版　　次 **2025 年 1 月北京第 1 版**
印　　次 **2025 年 1 月第 1 次印刷**

书　　号 **978-7-02-019029-4**
定　　价 **69.00 元**

如有印装质量问题,请与本社图书销售中心调换。电话:010－65233595

SHORT CLASSICS

短经典精选

献给我的父母

目录

别处的餐厅

你猜怎么着

距离联合国粮农组织预计的全球土壤全面贫瘠化时代到来之前还有五十七个收获季的这一年，十二月初，朱莉娅得到了卡辛纳的工作。

她打电话给她生命中最亲近的人，也就是她的母亲，用语音传达了这一消息。

“我简直不敢相信。”

“我知道。”

“你会——”

“我知道。”

“这可是**提升**了一大步。”

“我知道。”

“**向前**迈进了一大步，”她母亲笑了，一直在笑，“想想吧。”

母亲的低保真笑声让朱莉娅也笑了起来。她们的笑声节奏一致，音调不同。朱莉娅抬起那只没有握智能手机的手，搁在自己头上。“我正想着呢。”

十一月下旬

在三次无薪试工期间，朱莉娅接受莱娜的上岗培训和操作监督。如果能成功地向莱娜展示自己的能力，朱莉娅最后会获聘接替莱娜的副主厨职位。

“注意手肘。”“要逆着纹理切。”“盐肤木调料要放在储藏室，而不是餐具柜上。”“下次请自带刀具包。”

关于莱娜，在朱莉娅许多已成形和尚未成形的想法中，大部分都是比较或刻意不去比较她们的相同和不同之处。莱娜的体重和朱莉娅的目标体重差不多，留着那种让自信心较弱的女性想把自己头发也剪那么短的精灵式发型。她最多比朱莉娅大五岁，但她的烹饪水平却让人觉得她们之间有几十年的差距。每次朱莉娅在试工后离开卡辛纳时，都会发现自己新的不足，让她相信这是她最后一次试用了。

事实上，这也的确是朱莉娅的最后一次试工，她和莱娜一起走出餐厅，走进毛毛细雨和不易察觉的温暖之中，留下餐馆主厨埃勒里独自关店锁门。

走在外面，莱娜宣布她打算向埃勒里提议由朱莉娅来接替她的副主厨职位。朱莉娅非常感谢，嘴里不停地说着哦天啊哦天啊她简直不敢相信，又问莱娜有什么计划，要去哪里。虽然她的这些问题更多的是指莱娜短期内有何打算，但莱娜却回答说：“去一个好地方，柏林，我在那里有熟人。”朱莉娅予以热烈的回应。莱娜低头在手机上来了个干净利落的操作，同时话中有话地补充道：“是啊，我觉得我在这里待得太久了。”这话听起来像是旁敲侧击另有所指似的。

朱莉娅知道，哪怕她真的把自己的头发剪得像莱娜那样短，她以后还是会再留长的。她明白，她真正想要的只是一个改变。

朱莉娅人很好，她陪莱娜一起在路边等车。雨越来越冷，等了很久，埃勒里都骑着他那辆可折叠自行车赶了上来。他向她俩喊了一声晚安，自行车的车轮在光滑的自行车道上溅起了一层轻微的水花。那之后不久，莱娜便加入了这座城市的优步乘客行列，朱莉娅从此再也没有见过她。

模仿者

在卡辛纳餐厅工作的最初几天里，朱莉娅一直在模仿莱娜，虽然她对莱娜的了解实在有限。她竭力装出与主厨轻松熟络的样子，效仿记忆中莱娜指挥餐具摆放时的神态。

最初几天上班时，朱莉娅觉得，或者觉得好像她觉得，餐厅里大多数男性员工都在心里给她的能力和魅力打分，加加减减。他们对她的印象时好时坏，对她的外貌和性格的看法也时好时坏，而这些印象一旦形成，她就很难再加以改进了。

朱莉娅以前工作的餐厅是由一位名厨加盟管理的一系列餐饮公司中最新开的一家，这位名厨在业内因其厨房中的不良情绪氛围而闻名，在业外也因其措辞激烈的网络言论以及新媒体上他的新保守主义者粉丝群日益扩大而名气大增。朱莉娅在那家餐厅里有个“容易上当”的名声，她给人的印象是：一位对工作过于热心的流水线厨师，容易受人支使，偶尔会承担一些低于她工资水平的责任，但更多时候承担了远高于她工资水平的责任。

她已经等待了很长时间，漫长的几个月，期待着在新工作中成为下一个版本的自己。现在她有了这份新工作，她必须小心，不能重蹈旧我的覆辙，不能暴露自己爱哭、爱讨好人、易焦虑的真实本性。不要做或说那些她想成为的人不会说或做的事情。不要让别人对她的看法扭曲了她对自己的看法。不要再像以前那样脆弱。

公　寓

朱莉娅结束了第一周的非试用工作，下班回家。房东、室友兼姐姐的密友玛戈特轻声对她“哦，嗨”了一声。玛戈特躺在客厅的沙发上，这是她夜间的惯常姿势。她的注意力在智能手机上的各种信息源和她笔记本电脑上正在播放的一部热门电视剧之间来回切换。

客厅的氛围灯光按照玛戈特喜欢的亮度设置，旋转调光器从中间顺时针方向调到三十度的位置，墙上电灯开关的白色塑料外壳上有一个用锐意马克笔标记的圆点。

“你怎么样？”朱莉娅回答道。

玛戈特颇为费劲地起身暂停电视剧。“哦，很好。我就是有点儿累。你呢？”

“我也很好，也很累。但是新工作让我累得很愉快。”

“哦，是吗。感觉怎么样——？”

“到目前为止都很好。**非常**好。”

通常，如果她晚上回家，从走廊上看到客厅门下面透出的泄露玛戈特行踪的一线灯光，朱莉娅会径直上床睡觉。她和玛戈特还没有找到一种自然而不紧张的交流方式。她们之间的关系可能被朱莉娅每月转账给她的租金而永久地玷污了。

“比以前那份工作好吗？”

“哦，天哪，好上十万倍。”朱莉娅说。谈话让她更累了。

“那就好。有机会我要过去尝尝。”

“你一定要。”

“我会的。”

“太好了。晚安。”

玛戈特的注意力重新回到了她的手机和电脑上。“晚安。”

冬季菜单

除了偶尔感到被排除在某些圈内笑话和典故之外，朱莉娅很快就融入了餐厅的小文化。那些圈内笑话和典故涉及的都是她来这里工作之前发生的事。埃勒里和内森喜欢说这种笑话，他俩分别是卡辛纳的正副主厨，朱莉娅很喜欢他们，他们似乎也很喜欢她。

厨房的运作流程是这样的：埃勒里和内森负责热菜，朱莉娅和一两名高流动率的初级厨师轮流负责冷菜和备菜。她偶尔也负责烧烤或协助炒菜，其他时候则负责传菜和处理送进来的客人点菜单。埃勒里总是非常仔细地检查送出菜品的摆盘，他以亲力亲为、从不将这项职责委派他人为荣。

当埃勒里直接跟她说话或给她一些指点时，她一定会认真倾听，不断点头，口里还不停说着“好的，大厨”或“知道了，大厨”之类的话，可能有点过于严肃了。她应该学会在他面前放松。有几次，当她被点名表扬时，她的脸红透了。“口感棒极了，朱莉娅。”埃勒里尝过她第一次试做的希腊炖羊肉后，一只眼睛闭着，用另一只眼睛看着她说，直看得她低头望着他的叉子。最主要的是，她埋头努力干活，在别人眼中，她不过是一双可靠的手。

规　矩

埃勒里有很多规矩，他乐此不疲、语带讥讽地大谈特谈，就像在引述一份早就要求朱莉娅记住而她却给忘了的清单。比如，厨房里禁止使用智能手机；上班前不能理发；不准穿未经熨烫的T恤；只能穿黑色塑料大头鞋；坚守岗位（或其变体：扰乱准备工作，就是扰乱和平）；厨房里禁止使用智能手机；如果你走在别人后面，请说一声；消毒、消毒、消毒；他难道没有说过不准在厨房里使用智能手机吗？

尽管这些规定有时令人恼火，但工作时它们至少引发了厨师们难得的集体讨论。朱莉娅从未将智能手机带进厨房过，她怀疑埃勒里主要是利用这些规定来打破高峰期厨房里长时间的沉默。内森的回应通常是列举埃勒里违反他自己制定的基本规矩的行为，而埃勒里则对内森回以一个打手枪的下流手势。这套动作虽然有点牵强，但确实每次都能让朱莉娅发笑，而且她越来越觉得他们俩这样做完全是出于这个原因。

轮值表

由于刚被录用不久，朱莉娅觉得马上就向餐厅申请年假不太合适。这真是个大麻烦，因为早在她刚接受这份工作时，母亲就曾专门通过视频电话千叮咛万嘱咐，让她务必提前请假，这样圣诞节时她们就可以一起在家共度几星期的时光。朱莉娅知道妈妈有时很孤独，所以她发誓她一定会的，尽管发誓时她就知道自己不会履行这个承诺。

从朱莉娅的过往来看，她处理生活中的冲突主要靠无休止地推迟做出任何真正的决定或拖延采取任何具体行动的承诺，她宁愿让命运自动引导她走向看似自然、实则必然的结果，这样就不会因为自己的个人干预而招致任何意外的负面后果。

离圣诞节还有一个半星期时，朱莉娅终于向埃勒里提出了短期休假的申请。这完全是由于过分激起了母亲的希望而越来越沉重的罪恶感所致。埃勒里回答说，说实话，他通常不会这么做，他通常对这些事情很宽松，但是由于十二月底和一月初往往非常忙碌，除了餐厅的谷歌轮值表自动分配给她的几天休息之外，他不能同意她再请假了。

“这样行吗？”他说，把刚才一连串明确的声明塞进一个问句里。朱莉娅心里羞愧难当，回答道：“完全没问题，不用担心，绝对没问题。很好很酷。”

斯蒂芬妮

午休时间，朱莉娅试着同卡辛纳餐厅的领班斯蒂芬妮聊聊她的生活和生活中的一些事情。斯蒂芬妮懒懒的，对聊天不甚热情，回问的问题数量也不对等，表现得冷淡而疏离，朱莉娅只好努力扮演一个分享者的角色。这种互动让她俩都感觉像是一场考验。

“那么，你在这里工作很久了吗？”

“自从我拿到博士学位后。大约八个月了。”

“哇，那在之前，你在这附近读书吗？”

“是的。”

“真了不起。”朱莉娅说，然后感觉到“了不起”这几个字在死气沉沉的空气中不断扩大。“我也是，我学的是地理。”

“哦，是嘛。”

“是的，不过是硕士而不是博士。人文地理学。我读了四年。我的毕业论文是关于土壤如何逐渐——”

“现在你是个厨师。”

“是啊。实际上，这里面有个好玩的故事——”

“我敢肯定。”

夜　宵

通常在晚上十点左右，清理完台面并送出当晚最后一桌客人点的菜品后，朱莉娅会坐在卡辛纳半圆形吧台的高脚转椅上，把第二天的批发订单发送到供货商的隔夜语音信箱里。

按照惯例，斯蒂芬妮或不管当晚在吧台当班的谁，都会在营业结束后为朱莉娅倒上一杯本店葡萄酒，或为她调制一杯低价位的鸡尾酒——这是对每一位上夜班的员工的一种友好款待。朱莉娅出了名的不能喝酒，半杯啤酒就会影响她的睡眠，所以她从来不愿在上完夜班后喝酒，但她更不愿因为不喝酒而将自己排除在工作场所的集体仪式之外，因此她每次都会感激地接过这杯酒。

朱莉娅以为，没有人会发现她只是假装喝酒，把酒杯举到嘴边又放下，并没有真正喝一口。斯蒂芬妮连续几个晚上观察到她的这一花招后，拆穿了她。

“嘿，如果你又要像往常一样假装喝酒，还不如把这杯酒给内森。”

“什么？”朱莉娅说着眼睛往下瞟。她的防御性反应总是假装听不懂。

“什么什么？”斯蒂芬妮朝朱莉娅的那杯金汤力示意了一下。“如果你不喜欢我给你调制的饮料，就把它给别人喝呗。”

姜 饼

“那么，生意还好吗？”

“哦，我只是瞎忙。家里空荡荡的，不过很快你就会住进来了！整整两个星期！”

“对，关于这事，妈。”

“哦，怎么了，珠儿[①]？”母亲的语气里是深深的失望。

谈话结束后，朱莉娅接着做妈妈打电话来之前她一直在做的事。她把模具印在饼干面团上，切割出一个人形。

日 子

工作中她最喜欢的，也是她最擅长的，就是将注意力完全集中于某个特定的对象或任务上，这样其他任何事情就无法引起她的注意了。深度、单一的任务，达到完全沉浸于手头工作或一系列工作中的地步。如此一来，几个小时就像几分钟一样轻松地过去了，她的身体几乎完全感觉不到时间的流逝。她烹饪的速度超过她思考的速度，凭直觉和动作本能行事，没有丝毫的犹豫。比如，她将注意

---

① 原文为 Jewel，是朱莉娅（Julia）的昵称。

力集中在撇去一壶澄清黄油表面的乳清泡沫，或将伊比利亚火腿的前腿片成薄如羽翼的薄片。

但也不完全是这样，有时她会把餐厅想象成一台机器，一踏进去就能把她日子中的无形材料加工成许多形状和质地一致的单元。

但也不完全是这样，有时她真的要感谢真正的上帝，让她得以从之前的工作中脱身。

透　视

因为看到朱莉娅盯着看了好几次，内森觉得有必要向她解释一下他前臂上的文身。那是一个线描的透视几何立方体图案，其绘制方式让人对这个形状在空间的确切位置可能做出两种解释，而这取决于观赏者将立方体的哪一面想象成正面。他颇具权威地告诉她，这个文身展现的是名为“透视”的光学错觉。

小蜜橘

朱莉娅、埃勒里和内森一起最后关店锁门。

朱莉娅处理完混合的可回收垃圾和一般垃圾后，站在外面透透气。她没有戴手套，冬夜里她张开双手又合拢，只是为了感受一下它们。最近，寒冷的天气让她有种季节性的忧伤。透够气后，她回到屋里。

埃勒里靠在门口，正用两只大拇指的指甲剥着一个小蜜橘，内森在后面的办公室里设置隔夜警报器。

朱莉娅经过他身边时，埃勒里举起了那个小蜜橘，完全挡住了她的视线。

“想要吗？”

“好啊。”她说。

他把橘子分成两半，把较大的那一半递给她。

尺码八码

“谢谢你，妈妈，”朱莉娅说，“我很喜欢。”她看了看礼物，又低头看看自己，不知道自己想说的话会不会影响母亲的节日心情。“最近我真的很担心，我发现我在冬天胖了一些。”

母亲毫不犹豫地表示同意：“你比以前胖多了。”

朱莉娅的手，连同手里的那件娃娃领连衣裙又沉入了华丽的玻璃包装纸中，她刚才从那里面取出了这份礼物。“你可真行，妈。”

她母亲露出一副可怜兮兮的样子。“圣诞节时别生我的气。你知道我不是那个意思。”

困　难

欧文是一名初级厨师，朱莉娅已经在不同的日子里批评过他两次了，因为她明确告诉过他，让他将冰箱里存放时间较久的东西挪到前面来，可他没有照做。此时，欧文在糊化但不烧焦白色面浆时遇到了困难，而白色面浆既是当晚贝夏媚酱的底料，又是增稠剂。

“仔细看我怎么做。”朱莉娅说着换下欧文，自己站在了炉子后面，并拿过他的工具。“我只做一次。”

她在炉灶的正面控制台上调低火力，以防任何溶化的脂肪在欧文正在制作面糊的铸铁锅内壁上烧焦。“你必须不断搅动，否则面浆就会烧煳烧焦。”她一边说，一边示范保持手中打蛋器稳定搅动的最佳方法。“这有点麻烦，但要稳住你的肘部，”所有的动作都来自手腕部位的转动，顺时针搅拌，“就像这样。”搅拌的圈子先逐渐扩大然后再慢慢缩小，大块的面粉开始溶解，融入黏稠的奶油之中。

再度调低炉温后，她把打蛋器靠在锅沿上，然后继续在空中挥动她的手，好像还在搅拌。“你明白了吗？”

“明白了。”

回到自己岗位之前，她在欧文身边多耽搁了一会儿，以延长他感谢她的机会，可他并没有抓住。

我觉得今天真的很短

欧文总喜欢就一天时间的长短发表无聊的看法，或者啰里啰嗦地复述他在网上看到的东西，其实朱莉娅很受不了，但表面上总觉得自己有责任用“哦，是啊，真奇怪”这类轻描淡写的话来回应他，这样他就不会觉得自己被人忽视了。可是，所有这些善意累积起来的后果就是她对他的好感比对其他同事都少得多。

早　晨

她的日常作息是从微弱的玫瑰色晨光中醒来，到公寓附近的第三波咖啡店买一杯馥芮白咖啡和一个糖霜肉桂面包。咖啡师记得她要买的东西，但总记不住她的名字。有时她会与他们就天气状况交换几句客套话。出了咖啡馆，她有时走路边人行道，有时走公园步道，沿着风景优美的路线穿过公园到卡辛纳。她偶尔会停下来看看天空中迁徙的椋鸟盘旋着散开又重新聚拢，或看看呈人字形飞过的加拿大鹅群，然后在一所私立幼儿园处离开公园。平日里，这么早的时候，幼儿园大门两侧已经站满了手持警棍的轮值警卫人员。一路上，她有条不紊地吃着手里的食物，一手面包一手咖啡，咬 / 吸 / 咬 / 吸的节奏可能看起来不太雅观，但她努力做到步调一致，她想让嘴尽量同时体验到两种食物的味道。她相信，每种食物都能与另一种食物完美地搭配。咖啡的奶香味加强了肉桂面包的甜味，而每一次咀嚼酥软的面包，都会进一步激发她对咖啡抑制甜腻作用的需求。她重复着咬一嘴 / 吸一口的过程，直到两种食物都消耗殆尽，留下的只有一只手中沾有肉桂面包印渍的可完全生物降解的餐巾，以及另一只手中只能半生物降解的空咖啡杯，才心满意足。

朱莉娅不抽烟

内森要去外面抽烟。他朝朱莉娅挥舞着一包橄榄绿的无牌香烟，问她要不要一起去。

朱莉娅站在原地想了片刻，她想象自己变成一名烟民的情形：工间休息时，向人借打火机。为了上瘾而上瘾——也许戒烟时还能最后获得一次满足的红利。她对内森微微一笑道："我不去了。"

埃勒里说

埃勒里说，味觉是人体最迟钝的感觉。大多数时候，你吞下整口食物时，才刚刚品尝到食物的滋味，可是转眼之间，你重又觉得刚才根本没有尝过任何东西。

幸存者内疚

晚餐高峰前的闲聊中，他们谈到了埃勒里的一个朋友。他在一年前的这一天去世了，死时才三十三岁。

“他怎么死的？如果人们年纪轻轻就死了，我总想知道他们是怎么死的。”她为自己听起来如此激动而感到惭愧。“对不起。”

“没关系。他是上吊自杀的。”

“我很抱歉。”

“用一根蹦极绳。在他父母家。”

“对不起。”

有一天，埃勒里向朱莉娅描述他有时会有一种难以言传的强烈情绪，一种从过去就一直跟随着他的情绪。如果他太安静，或者记忆的顺序出了错的话，这种情绪偶尔会缠上现在的他。“我想他爸爸找到了他。他的毒瘾很重，而他自己不知道怎么办才好，所以……我猜，有时候，他知道自己的生活不会再有任何好转了。也许他未来可能会有几天好日子，但不会有真正的美好生活。这就是鸦片。所以。”

朱莉娅无意中听到埃勒里与斯蒂芬妮谈论他的大脑

“如果你像我以前一样吸毒成瘾长达十年之久，如果你长期吸食大量毒品，你的大脑实际上已进行了生理重组，以适应所有额外的刺激和你吸食毒品产生的多余多巴胺。这意味着，当你戒断时，你的大脑不仅仅是枯竭，而且比其他大多数人的大脑更为枯竭，因为，为了跟上你所有多余的满足感，你的犒赏系统或管它什么系统，已经产生出太多额外的多巴胺受体。所以最终，你赖以享受愉悦的那些额外受体都会死亡。当这种情况发生时，可以说，你宁愿自己死掉。”

埃勒里的呼吸

在如此靠近埃勒里的地方工作，他的鼻腔呼吸成了一个问题。由于厨房的空间有限，无论你站在厨房的哪个工作台后面，都能听到这种狗哨般的声音、一呼一吸的循环。这种不和谐的噪音与你听到的其他任何声音都格格不入。

有时，朱莉娅发现自己一连几个小时都在想象埃勒里鼻子的内部解剖结构，几乎着了魔。她试着在脑海中描绘出他的鼻中隔和鼻窦的大小及形状，十多年的鼻内药物滥用可能已经损坏了他的呼吸道。

还有些时候，她可能像玩游戏一样，试着让自己鼻腔呼吸的频率与他的匹配起来，或者听任自己被这种声音弄得心烦意乱，以便从中获得某种反向满足。

朱莉娅注意到，埃勒里从事任何一项单一工作的时间越长，他的潮气呼吸的深度和音量就越大。久而久之，她适应了这种烦人的声音。

名　人

某个晚上，一位颇有名气的电视节目主持人/时装设计师/模特/作家来卡辛纳用餐。据斯蒂芬妮通报，她戴着一顶砂岩色棒球帽，与埃勒里最喜欢的冬季夹克同一品牌。她坐在三号桌，陪她前来的是一位魅力颜值高于平均水准的不知名男士。

埃勒里、内森和欧文都向这位名人投去了长长的一瞥，逐一证实斯蒂芬妮的监视并无不妥，他们还分享了与这位名人近距离接触的兴奋之情。内森说，看到这位名人的脸，他觉得异常熟悉。他说，长期以来，他一直在各种媒体上看到她的形象，所以现在看到真正的她，就有那种似曾相识的感觉。欧文腼腆地表示同意，心中默默回想起多年前的一次经历，他本着尝试的精神，曾对着这位名人的脚部照片自慰过。

朱莉娅那晚在传菜区工作，拥有全餐厅最佳视野，整个用餐区她都一览无余，但她为自己没有看那位名人而感到骄傲，也为自己压根儿没有注意到自己没看那位名人而倍感自豪。

尽管她绝不会公开说出来，尤其是现在，更是绝对不会跟任何人说，但她一直认为自己与这位名人有一种特殊的联系。事实上，多年来她一直相信，她们之间有着某些私密而深刻的相似之处，内在的共性把她们的气质连接在一起。

当准备将这位名人的主菜——菲律宾风味铁板猪肉，生鸡蛋下面滚烫的猪肉还在嘶嘶作响——端出去时，朱莉娅特别注意保证这道菜的摆盘漂亮。她灵巧地用食指指尖在口腔内擦了擦，然后用这根手指作为拭子，将她唾液中微量的 DNA 带入了这位名人的菜肴之中。

接下来的一个小时里，朱莉娅觉得这位名人的身影一直萦绕在她模糊而苍白的思想和视野边缘。

再晚些时候，她实在忍不住了，她说服自己，刻意忽视这位名人和直视她几乎一样无礼。于是她看了。

埃勒里的名字

朱莉娅还记得，就在不到两个月前，她第一次听到埃勒里的名字被大声说出来时，她想到的是它“与芹菜（celery）押韵”。当时这个名字听起来是多么陌生啊，而在多次重复使用之后，这个名字成了某种她熟悉的东西，取代了以前她脑海中对这个名字的任何想法，有时候会突然从她脑海中冒出来。

埃勒里的身材

埃勒里身高大约六英尺。个子很高，他有时抱怨不得不弓着腰才能使用厨房的不锈钢工作台；体型宽大，他进入的大多数房间都因他的体型而导致可用空间显著减少；肩膀方正，留着平头，小麦色头发，与同色、精心修剪过的面部毛发连在一起；他还有一种招人喜欢的男人常有的自信。

从年龄、长相和性格上看，埃勒里都不是朱莉娅通常喜欢的那种类型，甚至可能是她通常会主动回避的类型，但由于她大部分的夜晚和周末都待在厨房里，生活中其他男人的数量减少，造成了她的选择偏差，使得他的存在被赋予了某种可能不应有的统计学意义。尽管她自己并不觉得埃勒里特别有魅力，但是如果朱莉娅把自己想象成一个略微年长、更为成熟自信的女人，一个类似莱娜那样的女人（她的确会不时这样想象一下自己），那么她会觉得他很有魅力。

仿佛过于频繁地思考他人的欲望已经重塑了她自己的欲望，自从有了这种想法后，三个星期内，朱莉娅发现自己只想知道埃勒里是否曾经想过和她做爱，除此之外，她再也没有其他事情可想了。在这个强制性的亲密环境中，两人在非常逼仄、非常温暖的空间里从事着高强度的工作，好像的确也没有太多别的事情可想。不管有意无意，这个念头肯定在某个时刻也闪过他的脑海。

直到一月底的一个晚上，看着埃勒里把雪花牛排摆放在烤过的法罗米上时，她却在想象着他的手在她身上游走，她止住幻想，意识到自己彻底地、意外地暗恋上了他。

埃勒里的轻盈手感

卡辛纳餐馆五年前开业时，好评如潮，人们称赞它的小份菜菜单简洁明了、重点突出，遵循时令推出菜品，以及不隶属于任何现有烹饪流派，成功地形成了自己的烹饪风格。

朱莉娅在网上找到的所有评论中，只有一篇文章提到了埃勒里。在得到这份工作之前和之后的许多个晚上，她不断重读这篇评论的几个免费段落，直到文章在某句话中间因需付费而被封掉。

然而，她想得最多的是标题下那句让人费解的引语，它以半粗体字样呈现在网页顶部：“卡辛纳餐厅散发出一种自然随意的轻盈氛围，这得益于主厨本人轻盈的手感。”

埃勒里的女儿

二月初的一个下午，埃勒里发着短信走进厨房，手机的触摸屏发出了人工按键声。

“我知道我破坏了自己定的规矩，”他说，头也不抬地看着智能手机，“不过这是无聊的家务事，所以是允许的。”手机发出叮的提示音，他低声咕哝几句，但毫无疑问地说出了“我的女儿”这几个字。

有时厨房里会有一些涉及私人生活的谈话，朱莉娅早就决定不过多卷入这种谈话，但她此时真不敢相信居然没有人追问埃勒里这个从未提起过的女儿。

倒过三班，在这晚的最后一道菜也送出去了之后，为了淡化七十二小时以来一直盘桓在脑子里的这个问题，她煞费苦心地用一种漫不经心的语气问他：“我敢肯定你没有，但那天你是不是说过你有个女儿？”

埃勒里正在拟定第二天早上所需物品的清单，他抬起头。“我说过什么？”

“我说我肯定你没有说过——”她希望自己第二次提问时能更简短些，“但是前几天你说你有个女儿？”

“是的。”埃勒里据实回答，没有透露任何多余信息。他举起过时的智能手机，摁下手机侧面的按钮，启动手机，点击屏幕上的锁屏图片——一位十七八岁的少女。手机屏幕摔裂了，一英寸见方的底层像素区永久性故障，把女孩的脖子和上半身扭曲成蓝色、不规则的碎片形状。“这就是她。”

朱莉娅的自信

发现埃勒里新近很有吸引力的一个副作用便是，在他面前，她有些放不开了。他们并肩工作时，她很难集中注意力，总是担心自己的鼻子从侧面看太突出。更糟糕的是，当他站在她身后时，她会想着自己的肩膀从后面看会不会太宽阔。

几乎每次餐馆打烊时，内森都会用垃圾袋作道具表演一个肢体喜剧。一天晚上，内森这样表演时，朱莉娅意识到埃勒里正注视着她，虽然她假装没有注意到他在注视她，但她狼狈地发现想不起平时自己是如何笑的了，于是她做作、夸张地大声笑起来。

事后，她感到很尴尬，又不想让自己的脸回复到不好看的默认静止状态，于是她把自己的表情扭成一种心领神会的半微笑状，她希望这样的微笑在一般男人眼中，尤其是在埃勒里眼中很迷人。每当她想到自己的脸时，她就露出这种微笑。

独身者

事实上，去年一整年她都是独身一人。她和玛戈特只有一墙之隔，玛戈特和她姐姐之间只有一个全球蜂窝网络之隔。更不用说，尽管含蓄迂回，玛戈特已经抱怨过好几次朱莉娅下夜班回家晚时动静太大。自从搬进来之后，朱莉娅对声音和空间都过于敏感，她从没有带任何男人回公寓过。

不过，去年三月那个令人沮丧的夜晚除外。那晚玛戈特回家住了，朱莉娅在酒吧里认识了一个不错的很感性的男人。他俩先客厅后她的卧室，试了很长时间，但他怎么也插不进去，在经过几次失败的手动尝试后，他说他想走。朱莉娅竭力劝他留下来，但那个男人用严肃得多的语气坚持说他真的宁愿离开。

几天后，朱莉娅给他发了一条短信，就他以前开过的一个玩笑说了几句轻松的话，但她没有收到任何回复。此后几个月，每当她回忆起这段往事，她都会用手捂着嘴喃喃自语："哦，天啊。哦，天啊。哦，天啊。"

内森说

内森说，所有食品中的能量通过多次光合转化过程，都可以追源溯流，回到对太阳原始热光能量的利用上去。每千焦耳热能本质上都只是太阳能量的再生。太阳使植物生长，而动物消耗并提取储存在植物体内的葡萄糖，人类再消耗这些动物或植物本身，等等。

朱莉娅说，这听起来当然像是真的，但她不敢肯定是否真是如此：“你可能过于简单化了，内特。”

埃勒里不易察觉地摇了摇头，没有说话。

按　钮

他们一群人都聚集在吸烟区的有机玻璃顶棚之下，而玻璃顶棚笼罩在越下越大的雨中。大家在听内森解释他为什么不相信人行横道上交通灯的呼叫按钮。

他指责这些按钮不过是安慰剂，是整个文化中个人主义幻想的象征，与其所号称的加速信号变换没有因果关系，进而与信号灯控制的交通流量也没有因果关系。尤其是，他接着说，如果再考虑到其他相互整合的网络功能，如时间固定的公共交通调度，哪怕仅暂时考虑运营一个四通八达的道路系统背后的后勤问题时，这一点更为突出。该系统的电路必须满足整个城市的驾驶人员和行人对道路通行权的多变需求，以及多个需求同时存在的复杂性和丰富性。“这根本毫无意义！”他大声说道。

内森说话的时候，朱莉娅一直在笑，笑得很厉害。不知什么时候，她还设法让右手手背碰到了埃勒里的左手。其实这并不算真的接触，但是在那之后的很长一段时间里，她身体上与埃勒里碰触过的那一小块皮肤一直散发着挥之不去的温暖。

深度清洁

周日，他们利用两顿饭之间的空歇时间进行深度清洁。两个小时的时间里，餐厅里的每一个平面都要彻底擦洗一遍，库房里各种商业级的漂白剂、罐装气雾剂、十升浓缩洗涤凝胶桶散发出的刺鼻气味让她咳嗽不止。

清洁完毕后，她走到室外，深深地呼吸被微塑料、铅颗粒、二氧化氮和二氧化硫污染了的低质但凉爽的城市空气。头顶上灰蒙蒙的，傍晚时分的天空发着幽光，或者看似发着幽光，就像厨房里无边无际且无菌的环氧树脂地板。

钥匙保管人

在卡辛纳餐厅工作两个月后，朱莉娅被接纳为“钥匙保管人”俱乐部成员，这意味着她可以独自打开和锁好餐厅的大门。在厨房员工中，只有她、埃勒里和内森拥有餐厅的钥匙，他们强调这是一项“重要而神圣的荣誉”。

第一次下晚班独自锁门回家，走到半路，朱莉娅开始怀疑自己是否真的记得锁了餐厅的大门。她边走边把钥匙链套在食指上绕来绕去，她非常确定自己锁了门，但是，当她停下来回想锁门的具体细节时，脑子里却是一片空白。

几个小时后，她仍然清醒地躺在床上，还是不确定自己是否锁了门。她按顺序一件一件回放这一天发生的事情，但不知何故，就是无法捕捉到锁门的记忆。

随着夜越来越深，她的疑虑越来越重。难道她真的忘了这么重要的事情？她通常不会犯这种错，但这并不能保证她现在不会犯。

她肯定自己一手拿着钥匙，用另一只手关门，但她锁门了吗？她越是努力回忆这些细节，它们就越模糊。

她试图入睡，不过餐厅可能被盗。她换了个姿势，她知道，如果餐厅遭劫，没锁门会使餐厅的保险无效。如果当晚发生了什么事，那全是她的错。她查看了一下智能手机：只有八个小时她又要上班了。

她溜下床，穿好衣服，避开她知道会发出声音的地板，悄悄地离开了公寓。

外面，夜色如墨，街道上几乎空无一人。远处，城市的高楼隐约可见，它们黑压压一片，仿佛在待命。

从卡辛纳到她所住的公寓大楼，步行需要四十分钟，如果想快一点，乘坐十分钟的公交车，则只需十五分钟，不过午夜以后，每小时只有一班公交车。

朱莉娅尽可能快地走着，她觉得很尴尬，好像偶尔经过的行人都知道她在做什么，她的步伐泄露了她的身份。这段路程既寒冷又紧张。有一回，她的脚抬到半空中，突然停住，摸了摸外套和裤子口袋的外面，刹那间以为自己把那串钥匙忘在公寓里了。

还好，她没有忘。穿过公园，走在光线最好的地方时，她对待会儿在餐厅门口可能发生的场景越来越焦虑。

终于走到了，她将双手放在大门把手上，叹了口气，全身的重量都倚了上去。

家庭女教师爱上马夫

朱莉娅知道母亲在生活中没有几个可以聊天的人，而每周三又是离她在圣迈克教堂的周日团契最遥远的时间点，因此朱莉娅养成了周三那天与母亲视频通话的习惯。

在通话中，她们会聊聊家乡教会里的八卦或彼此工作单位的动态，比较各自从朱莉娅的姐姐那里收到的零星消息。姐姐从去年夏天开始，就和她长相堪称英俊的加拿大未婚夫一起，开始了貌似昂贵的漫长背包旅行。然后，母亲会讲讲她在 Kindle 上阅读的那些情节紧凑的浪漫传奇故事的最新进展，以此结束通话。

内森生日时在酒吧外提出了一个问题

“是啊，你知道吗，真正反乌托邦的是，有些公司正在秘密收集你的信息，而你根本没有向他们提供数据，你也根本不用它们的服务。也就是说，为了向你推销商品，他们利用收集的二手用户数据，构建出你的消费习惯。比如，如果你姑妈或者谁把她的通讯录上传到了某个赌博网站或其他什么地方，这些公司就可以从那里追踪到你在互联网上的所有活动，哪怕你没有签署或填写任何隐私协议或《通用数据保护条例》同意书之类的东西。一旦他们收集了所有无形的云存储数据，并形成一个基于数据分析的合成版的你，从那时起，你就会一直被跟踪。按理说，这种微定位应该完全可以选择退出，但是为了退出，你必须先得选择加入，然后才能要求他们删除你的个人信息。所以真的没有办法——？没有监管，我不知道，抱歉，我花了很多试间[①]——**很多时间试着**——在脑子里把这

① 此处原文为 trime。如后文解释，应是内森过于紧张，将 time trying 两字合音所致。

些东西想明白。我看了很多视频。哦，天哪，朱莉娅。如果我把自己想象成你，听我唠叨这些，真是太尴尬了。对不起，我知道你不会，啊——我只是真的很喜欢你。别，等等，听着，我真的很喜欢你。我知道你不像我喜欢你那样喜欢我，没关系。我只是想让你知道。我看到你的样子，我觉得我应该说出来。对不起，等一下，我，我今晚真的喝多了。我们随时可以进去。我不是故意把这些都倒给你的。噢，见鬼，我真不敢相信我居然——”他用手背抹去眼泪，“不管怎样，对不起，我需要一点时间冷静一下。你能陪我在外面等一等吗？等我平静下来？”

雪　暴

二月超细的冰雹粒打在朱莉娅的左脸上。她侧过右脸，躲避迎面而来的风，朝卡辛纳走去。

当她到达餐馆时，寒潮和随之而来的飓风级反气旋风暴已经袭击了这座城市。餐馆外到处都覆盖着厚厚一层雪。天黑之前，道路早已白茫茫一片。

当晚的预订大部分都取消了，要么客人们根本没有露面。到打烊时，只招待了二十台客人。整个晚班，只有朱莉娅、埃勒里和斯蒂芬妮三人留守到最后，他们成了基本工作人员，漫不经心地做着例行工作，间或休息一下，讨论外面正在变化的天气系统。

从卡辛纳临街的一溜窗户往外望去，只能看到琥珀色的雪花飘舞，偶尔被匆匆走过的幽灵般的身形和暗影打断。

“所以，一下大雪，大家肚子都不饿了？”埃勒里对朱莉娅说，她后来听到他对斯蒂芬妮又说了一遍这个笑话。虽然没有停电，但夜晚的相对宁静和室外的雪暴景致，让人感觉餐厅有些昏暗，仿佛与世隔绝，有种既恐怖又暧昧的味道。

“有人想喝酒吗？”朱莉娅说，她想点燃一些茶灯蜡烛，制造一点情调。

“老实说，我觉得我们应该关门离开这里。”斯蒂芬妮说，她似乎很高兴成为今晚的理性代言人。“确保我们都安全到家。”

朱莉娅有两个问题

几天后，不稳定的偏东气团早已消散，最后一点融雪也已蒸发，餐馆打烊后，他们朝同一个方向走去，但那却并不通往他俩谁的家。埃勒里一只手扶着自行车车把，推着车走着，自行车在他俩中间。

“我能问你一个问题吗？”

“你好像——”他说，“已经问了。”他们走进路灯投在地下的一束锥形光圈里，他们的脸露了出来，随后又逐渐隐去。黑暗中，他说：“可以。”

“跟不吸毒有关。”

他说：“好。”

“我想我只是对如何——”她不熟悉戒毒的相关术语，“我想知道的是，既然你已经戒了，而且你也知道自己过去曾有过吸毒和酗酒的问题，你为什么有时还要喝酒呢？”她想了想，然后还是说：“我倒不是说你喝得太凶什么的。”

埃勒里沉默了很久，一定是在思考。直到他们走进下一根灯柱的光圈中，她才从周围的夜色中看出他的脸来。

数小时后

他们在卡辛纳外面绕了一大圈，然后到一家新开的贵得离谱的鸡尾酒吧里继续他们的这个夜晚。他俩都说，通常情况下他们不会来这家酒吧，但是这家酒吧的营业执照允许卖酒，而且卖酒的时间比附近任何一家酒吧都要晚。

他们越聊越投机，朱莉娅发现真正的埃勒里与她印象中的埃勒里有很多细微而有趣的不同。她惊讶地发现，埃勒里的很多观点都与她的不谋而合。比如，他和她一样，都觉得这座城市的“餐饮环境”受到影响，令人不适；他也对人们在Instagram上晒美食无感；他对自己的宗教背景也有着复杂的感情。

他们紧紧依偎在一起，享受着更纯粹、更缠绵的身体接触和眼神交流，这种接触交流以前不过偶尔为之。可能是整晚饮酒后多巴胺神经的反应，也可能这就是她的真实感受。当她吻他时，她没有任何紧张或犹豫，思绪宁静而开阔。

她觉得自己完全无需努力，一切都那么自然。他们道别后，她登上公寓楼梯时想，她根本没有选择的余地。这无法避免，仿佛整个夜晚都在既定的轨道上运行。

埃勒里在哪里？

“在脊椎矫正医师那里，”内森说，“做按摩。”这是自他生日那晚以来，他俩第一次单独在一起。作为补偿，他比平时开了更多玩笑。他焦虑地不想显得太焦虑。“所以这儿我说了算。这里会有大变化了，我的朋友。”

“噢，那好啊。”朱莉娅松了一口气，因为他似乎不想承认他之前说过的话。

“在我的眼皮底下，别耍花样。”

“好的，大厨。”

“不过说真的，”当她去无障碍卫生间换上白制服时，他喊道，“他今天下午就会回来。”

浪漫喜剧

埃勒里带朱莉娅去卡辛纳的竞争对手那儿吃饭，朱莉娅对这家餐厅早有耳闻，但从未进去过。“就当是一次实地考察吧。”他提前跟她说好了。

在整个用餐过程中，她的裙子都不肯放过她：两侧的松紧带一直绷到腰间的夹缝处；脖子上白痴般的娃娃领烦得她要命。

她坐在埃勒里对面，除了直视他之外，眼睛简直不知道朝哪儿看。她很紧张，想靠快速说话和大量的手势来克服这种紧张情绪。“这一切都太——这也有点，太好吃了。是你跟我说过，他们这儿只用感应加热来烹饪吗？”

“是啊。”埃勒里早就学会了，要想显得有吸引力，他只要比他试图吸引的人更放松就行了。“也许吧。”

他们吃了品尝菜单上的八道不同地方菜，菜的分量逐渐减少。埃勒里最喜欢的是一道颇为上镜的猪肉馅饼配糖渍橙子盅。

要求结账后，等了好久账单才送来。埃勒里认为餐厅服务人员的素质代表了餐厅管理层的内在品质，他说这种散漫正是餐厅老板的典型特征，他认识老板本人，而且不喜欢他。

后来，他们一起散步时，朱莉娅发现埃勒里对他女儿的评价非常高，他走路时迷信地避开人行道上的窨井盖。有一次，她开玩笑似的嘲笑彼此，说她的手看起来和埃勒里的一样老。

“我住得离这儿不远，”他没有回应，反而说，“你想不想上去吃个冰淇淋，或者喝点酒，或者——？”

意式冰淇淋，或葡萄酒，或

从餐馆步行可至埃勒里家，但他们还是在附近一条街上坐优步过去的。站在他家客厅里，朱莉娅把一缕头发缠在食指上，顺着脸庞送到鼻子下，嗅着那天然的、朱莉娅特有的味道。

埃勒里在厨房里问她想不想喝点什么。如果她想尝点什么的话，他有好酒，不过意式冰淇淋恐怕刚刚吃完。她说行，就喝酒吧，没有冰淇淋也没关系。她又说他的公寓很成人化。

“我本来就是个成人。”他说着，手拿两个空杯子走进客厅，然后又回厨房，打开一瓶葡萄酒重新回到客厅。

“你有音乐吗？”

“有，笔记本电脑连着音箱的。不过，声音开小点，”他朝内墙做了个手势，低声说，“邻居们。”

他们并排坐在客厅沙发和茶几之间的地板上。朱莉娅唤醒了埃勒里的笔记本电脑，她问他密码是什么，但他没有告诉她，而是自己伸手从她腰后输入密码。当他输入时，她看到他的密码是字母加数字，以大写字母“L”开头。

他的桌面背景是操作系统默认的山坡风景，朱莉娅取笑了他一番，然后打开互联网浏览器，找到并点开 YouTube，她想放一点合适的音乐。最后她选择了琼尼·米切尔的专辑《出走》(*Hejira*)，这是由侵犯了版权的粉丝上传的一个约五十一分钟的完整视频，播放音乐的同时以幻灯片的形式播放带有盖蒂图像（Getty Images）水印的琼尼·米切尔照片，每张图片都经过动态缩放后再从屏幕上慢慢抹去。

在播放视频的同时，朱莉娅还注意到屏幕右侧的播放列表，那是 YouTube 根据埃勒里的历史观看偏好用大数据算法向他推荐的一些视频。播放列表中推荐的视频标题如下：“慢性背痛的十二种简单拉伸运动”“论魅力和如何获得你想要的女人”“地位高的男人的肢体语言”和“大学教授摧毁女权主义学生”。

朱莉娅不知道是该对这些视频说点什么还是置之不理，她把视线从笔记本电脑的屏幕上移开，看着埃勒里倒了两杯酒，然后把它们放在茶几上醒着。

他转动着手中的酒瓶，盯着标签看了很久，那时间足以把标签读两遍。“你知道这瓶酒真的是三十年的陈酿吗？”

“哇。”朱莉娅努力不去想埃勒里一个人坐在公寓里上网的样子。

“你不打算开个玩笑，说这酒的年龄只及我一半吗？”

“老实说，我根本没这样想，”她说，“不过，好吧，就当我这么说了吧。”

“好啊。去你的。”

她笑了笑，然后沉默了。

“在餐馆里，你很多时候都不怎么爱说话。”

“哦，是啊，我知道。”

“我觉得那些家伙，我觉得内森和欧文——”

“什么？”

“我觉得他们怕你。”

朱莉娅又笑了，不过完全明白他的意思。她很高兴他这么说。“那我吓着**你**了吗？”

“没有，”他说，“我吓着**你**了吗？”

她想了很久，没有想出一个巧妙的答案，只好说：“没有。”

埃勒里去洗手间了。他不在的时候，朱莉娅盯着他笔记本电脑为节能而调暗了的显示屏。她想在浏览器地址栏里输入她名字的前几个字母，看看是否会自动生成她的名字，以证明他在网上搜索过她。

过了一会儿，她被身后传来的埃勒里的声音吓了一跳。“我喜欢这个。”他说着绕过房间，来到她的对面。他抬起食指，意思是指音乐，不清楚他是说他以前就听过且喜欢《出走》这张专辑，还是说他这是第一次听到且一听就喜欢。

“我们要尝尝这酒吗？”朱莉娅说。

他们特意举杯相碰，埃勒里说：“记住，你喝的是三十年的历史。”朱莉娅小小地抿了一口三十年的历史，品尝到多次战争、经济衰退、标志性的恐怖行动、电子产品消费的兴起、天主教学校、孩子们的残忍、安舒坦祛痘、学会开车、一日三餐、全球生态恶化、在雨中哭泣。

那个晚上，朱莉娅决定和埃勒里上床，部分原因是她想这样做，但最主要还是她觉得这已是水到渠成的事。她还没来得及多想，整个过程就结束了，事后他们一起躺在床上，彼此感觉都很好。

她找到了享受这种体验的方法：她喜欢在他进入她身体的时候对他说些即兴的、有点色情的话，而且可以想见，今后将会重复体验今晚这个基本模式并享受各种变化。

她和埃勒里躺在一起，他身体的正面紧贴着她的背部，彼此分享着做爱后才有的那种沉默。她仔细回想着他们的相遇，发现自己几乎完全脱离了身体，就好像她只是以第三人的身份在旁观他们。

她想，她真正想要的是他重重地压在她身上，用他全身的重量狠狠地压在她身上。实际上，她并不确定现实中人们是否真的这么想，或者，如果他们真的想这么做，他们会如何向对方提出来。

她觉得，睡一觉后，明天早上，一切都会恢复正常。在她白天疲惫的思绪渐渐淡化抽象而成为梦境之前，在最后模糊含混的那一刻，她瞬间看到——但以后不会再想起——她新床伴的脸被他的智能手机的蓝光照亮，她看到他脸上专注的表情。

第二天早晨

当她醒来时，感觉像是第二天早晨，但实际上仍是她入睡的那个早晨，只不过稍晚些时候而已。她在半昏暗的房间里，在空荡荡的床上以侧卧的姿势又躺了一会儿，适应新环境和陌生房间里摆放的物品，非线性地回忆起前一晚来。

她看了看智能手机，读了一条埃勒里刚发来的短信，然后坐起来，又躺下，最后还是决定起来。埃勒里已经起床上班去了，这让她感到很失落，她认为这是她对他的感情的真实反映。

整理并穿上昨晚的打底衣物后，她喊了几声“你好”和“埃勒里”，满意地确定了公寓里只有她一个人。她光着脚走到洗手间，复合地板是冰凉的，她在那里拉了一坨又滑又重、冰球一样的大便。

后来，她一头湿漉漉的头发，带着埃勒里的沐浴露的香味离开了他的公寓，她决定找个人一起再回忆一下这个夜晚，以便自己能更好地理清头绪。她一边翻阅着智能手机上的收发信息记录，一边考虑着自己最想和哪个熟人通话。她一不留神走进了对面的单行道，赶紧退了回来。

泰迪和鲁丝——朱莉娅搬到这座城市后唯一还保持联系的两位大学同学，先后出现在她的脑海中。她很有把握，他俩都住得离埃勒家里不远。既然她此时很想找人聊聊，那么叫他们中的任何一个出来都不错。她脑子里盘算着去找泰迪，泰迪喜欢八卦，朋友们的尴尬总让他很开心。然后转念又想去见鲁丝，鲁丝比泰迪更善于倾听，可她不怎么爱附和朱莉娅的看法。不过，她随即想起，自己不是让他俩最近的短信躺在收件箱里好几个星期没有理睬吗？她边走边检查确切的接收日期，不禁笑了起来，泰迪的有好几个星期，而鲁丝的可有好几个月了。一种负罪感迅速涌上心头。

不过，她也没有什么备用朋友可以选择，她更不可能和卡辛纳的任何人讨论与埃勒里有关的任何事情。于是她给泰迪发短信，含糊地暗示说自己最近工作超级忙，两人约好半小时后一起喝咖啡。

在这半小时里，朱莉娅认为自己已经成功避免了的宿醉状况全面袭来：先是体温升高，然后出汗，再然后头痛，最后是一阵彻底的恶心。

她很后悔给泰迪发了那条短信，并在心中盘算如果现在取消跟他的约会是否失礼。最后她内心里支持取消的一面战胜了反对取消的那一面，她拿出手机，想找出一个既能道歉又无可指责的借口来推掉他们的约会，这时却发现泰迪发来确认信息，他已经出门了。

她比泰迪先到咖啡馆，尽量在靠近前窗的地方找了张桌子坐下。她觉得，如果他们坐得越靠里面，他们就会在这里待得越久。喝完一玻璃瓶黄瓜味的自来水补充水分后，她发现泰迪正在拉那扇应该往里推的前门，便比画着告诉他需要推门。他们交换了两个情绪截然不同的问候语，泰迪接着说“嘿，你可是盛装打扮啊”，她不得不想出一个巧妙的回应。

“事实上，我**仍然**是盛装打扮。”

泰迪意识到自己是被叫来履行朋友职责的，便道：“说详细点。”

“好吧，那么。”她停顿了一下，仔细斟酌下一句要说的话，这无意中制造了讲故事的紧张气氛，泰迪向她靠了靠。“我昨晚和我老板做爱了。”

泰迪瞪大眼睛说：“那——你能接受吗？”

“不，我是说是的，我喜欢他。我很高兴。”

“但我以为你说他——他不是个出了名的种族主义分子吗？”

“不，我已经不在那儿工作了。”

“哦，对对对，没错。你刚换了工作。”

“嗯，也不算刚换吧，有三个月了。”

“现在你是在那家意大利餐馆？”

“是泛欧，不是——”

“啊，哇。那么，他跟我们差不多年纪吗，这家伙？”

“不，我觉得他快五十了。”

“哦，那没什么。四十岁的人基本上算三十岁，而三十多岁的人基本上——”

“事实上，我敢肯定他已经四十好几了。”

“他是意大利人？”

“不是，他就是本地人。”

“这家餐馆是他的？”

“哦不，总厨和投资人拥有这家餐厅。但是，我是说，他是厨师长，负责制定菜单和采购——”

泰迪点点头：“所有的高档葡萄酒。”

“不，实际上，我们有一位酒水总监负责管理酒水。埃勒里负责采购食材。”

“哦，对，是的。**埃勒里**。嗯，我喜欢这种默契：在厨房里你是他的得力助手，在卧室里——”

“嗯，实际上，还有一个叫内森的助理厨师长，他更像是他的副手。我在他俩手下工作，负责监督　　”

“不过职场恋情总是热辣刺激的。那么，你觉得只有这么一回，还是——？”

“我希望不是。”朱莉娅说。随后她又想到，往往她自以为想要的东西结果却并不是她想要的东西。“你要喝点什么吗？”

这是个约会

如果想第二天晚上约埃勒里做点什么，又不想让他觉得自己孤独得要命，一个诚实的好办法就是给他发如下短信：“嘿，我明天下班后没有约任何朋友，如果你想一起出去玩的话，跟我说一声。”

第二天晚上，当他们离开餐厅时，埃勒里推迟约会

“真的很不好意思，如果我们今晚不约了，你不会介意吧？”

“不会，”她说，“当然不会。”虽然她几乎一整天都在想着这件事。

“对不起，有件事我给忘了。我女儿需要我——”

“真的，没事。”

“但我还是想的。明晚可以吗？”

“啊——可以的。”

“你确定？”

“是的。”

“你确定你确定？”

放声大笑：**你逗笑我了**。“是的。”

朱莉娅得到答案

埃勒里穿着一件反光的银色骑行夹克，在昏暗的夜晚特别引人注目，朱莉娅身上的大号浅色夹克鼓鼓的像风帆。埃勒里皱着眉陷入沉思，而她的表情时而关切时而放松。

“我想，我不喝酒主要是为了避免其他更糟糕的东西，”埃勒里说，“更糟糕的东西。我确实做到了。**戒掉了**。很久没有发生过不好的事情，我基本上可以再次完全信任自己了。”

“那么，你有多久——？”

“到去年为止，我大概有四年没有碰过任何东西了，大概——三年还是四年？对，三四年吧。没有鸦片，没有酒精。我把它们叫作‘我的虚无岁月’。”

“有意思。”

“从事餐饮业这一行，不吸毒、不酗酒并不容易。可以说，这是一种职业风险，尤其是当你像我这样后背有毛病时。不过，‘吸’‘毒’或‘酗’‘酒’并不是我真正的问题。我真正的问题，更像是，我用这些东西做借口，为我在工作中或与我的孩子相处时表现不佳做辩解，而这些问题比任何毒品都要深刻。事实上，也许这样说并不完全正确，以前药片确实是个问题。我戒酒只是为了看看自己能不能戒掉，我觉得我现在已经能够更好地控制自己了，控制自己的酗酒和表现——我知道我做到了。还有，如果我又开始变得像个彻头彻尾的混蛋，我知道你会是第一个来告诉我我完蛋了的人。朱莉娅。”

在城市里

因为她以前似乎对位于该市金融区的一家高档昂贵的餐厅很有兴趣，所以埃勒里带她去了，他最初就是在那里学会烹饪的。尽管时隔多年，年迈的厨师长还是一眼就认出了埃勒里，对他十分亲切。

和埃勒里一起在这家具有装饰艺术风格、年代久远的餐厅用餐，朱莉娅觉得自己一半像是被他宠坏的妻子，一半像是被他宠坏的女儿。在暗红色的皮革雅座里，他们相向而坐，吃着一道道摆盘精美的菜肴。朱莉娅原本以为，单从价格上来看（意式烤面包片、蘸酱和意式烟熏冷火腿这种开胃小菜的价格就跟卡辛纳的一般主菜的价格差不多），这些菜应该非常美味，但实际上并非如此。餐后，埃勒里结账，接过账单一看，吓了一大跳。

“没事吧？”朱莉娅不知道该不该主动提出分摊账单，因为她可能付不起，而且她估计，账单上没有任何折扣。

“没事，”埃勒里说，“我只是没有料到——**这个**。”

互联网

“说实话，”她说，“你在网上搜索过我吗？”

“在互联网上？”

“是啊。”

“为什么？”

“好奇啊。”

“不，我是说，有什么原因让我要在网上搜索你吗？我基本上每天都能见到你。”

“我不知道。为了研究。看看照片。”

“百分百大实话，没有。但我可以认为这意味着你在网上搜索过**我**吗？”

“不，我没有。”她说着看向别处，避开了他的目光。她引以自豪的是，她一直只有一个社交媒体账户，那是一个很旧的Facebook账号，她有时会用它来查看姐姐的情况，她也用这个账号搜索过几次埃勒里的信息——如果她在网上找到了埃勒里的任何蛛丝马迹，她很可能会承认自己这么做了。

“**不过**”，过了一会儿，她又补充道，几个月前她曾在一个网站上看到过关于这家餐厅的一些评论。

“就是说我的‘手很稳’的那个网站吗？”

“是的！”

“我讨厌那篇文章。那种明褒实贬真让人讨厌。与其说我的手很稳，还不如直说我哪里做得不够好。”

“事实上，我想他们是说你的手法很轻。”

埃勒里看来很受打击。“那更糟。”他说。

废　物

她知道那晚玛戈特会在同事的离职派对上玩到很晚才回来，她一直在等这样一个晚上，于是便第一次邀请埃勒里来公寓做客。玛戈特的派对计划是先去市中心的几家酒吧和烧烤店，晚上十一点后再去夜总会继续，这给了她一整晚的自由空间，可以私下里招待客人，这样与房东合住的世界和恋人的世界就不会交叉。对于向埃勒里展示她的个人生活，她仍然有点不安，不过现在有了自己的公寓，倒还可以忍受。

在他到来之前，她已经把餐桌从角落里拖到了客厅中间，把沙发的摆放位置旋转了九十度，以配合重新摆放的餐桌，还把沙发原来所在的那块空地用吸尘器清扫了一遍。她洗了头发，洗了床单，然后开始做晚饭。在玛戈特回家前，她会把一切恢复原样。

埃勒里从外面按响对讲机时，她正在摆放餐具，她在过道里回按对讲机，让他进了大楼。她打开公寓门，当他来到门口时，她吻了他。她非常享受这种新奇的感觉，以前从来没有这样迎接过他。

"请进。"她说。不过她这么说的时候埃勒里人早已进来了。"把你的外套扔到我的房间里吧。"她指了指她的卧室。

埃勒里把胳膊抵在门上，说了声"重要时刻"，胳膊最先进了她的房间。

朱莉娅站在走道里，翻眼望着天花板。

埃勒里大声朗读着一幅圆框十字绣上写的话："服侍上帝就是完美的自由。"这是朱莉娅的母亲多年前绣的，她也不明白为什么自己成年后不管搬到哪里，总是带着这幅绣品。

“快来吧，”她装作没听见，“晚饭就要好了。”

“嗯，**差不多**就快好了。”她回到小厨房，自言自语道。

“我喜欢你的小房间。”埃勒里说。

“谢谢，”朱莉娅说，“厨房也很小。现在，去小桌旁坐吧。”

她给他们俩都斟上饮料，并告诉埃勒里马上会有人来接待他点菜，他笑了。

菜上桌后，朱莉娅就开始数落它们的缺点。红焖羊颈肉“一点味道都没有”，她嚼了几口又抱怨道，“做过头了”。此外，苦叶沙拉这道配菜与主菜不搭。“我只怕是个假厨师，”她说，手指紧张地在桌面上画着圈，“一个废物。”

埃勒里喝得很急，吃得很慢，他说他吃得很开心，“别这样贬低我最喜欢的厨师”。

朱莉娅说了声谢谢，两人的手碰了碰，这时公寓的门咔嗒一响，感觉十分怪异。

朱莉娅想，可能只是空气流通的声音，也许是邻居打开了楼梯间的窗户。

门又咔嗒响了一声，直到第三次响起时，朱莉娅才回过神来，明白了响声的原因：玛戈特提前好几个小时回来了。

“这是怎么回事？”玛戈特说着关上身后的门，走进客厅。眼睛扫视了一圈移动过的家具，她看看埃勒里，又看了看朱莉娅。“我喜欢你们的这种布置。”

玛戈特的突然出现让朱莉娅非常尴尬，尴尬到此时还没有意识到自己有多尴尬。她向玛戈特介绍了埃勒里，然后又向埃勒里介绍了玛戈特，介绍完后还开了个玩笑，说每回玛戈特不在家，他们都是这样吃饭的。

玛戈特说：“非—常—有—趣。”她倚坐在挪了位置的沙发扶手上。接着，她不请自来，开始滔滔不绝地讲起她在工作日当晚犯下的一系列错误，这些错误导致她被酒吧赶了出来，只好早早回家，正好打断了朱莉娅的秘密晚餐。

埃勒里一直面带微笑，但是由于动用了脸上的太多肌肉，看起来一点也不放松。玛戈特讲完故事后，他问她是做什么工作的，玛戈特回答说她一点也不喜欢这份工作，根本不想谈它。

令朱莉娅沮丧的是，玛戈特从扶手上滑下来，坐进了沙发里，还把头靠在沙发靠背上，表明她打算在这里待上一段时间。

“我实在不能再喝了。”玛戈特说，好像在拒绝别人好意似的。她又问：“那么，你们俩是在哪儿认识的？”朱莉娅盯着她和埃勒里已经凉了却还没怎么动的饭菜，掩饰不住的恼火，她说：“我们是同事，玛戈特。”

玛戈特这时才意识到，这个夜晚对朱莉娅来说显然十分特别，而自己的闯入造成了什么样的影响。她用手肘使劲向下顶着沙发，慢慢地撑着自己站起来。“好了，你们俩，”她把手指做成手枪样指着两人说，“祝你们——在今晚剩下的——时间里——过得愉快。”

玛戈特离开客厅，在过道里时转过身来，从埃勒里背后，向朱莉亚竖起两个大拇指，用嘴形不出声地说：“干得好。”

朱莉娅忘记了如何吞咽

一天晚上，在一家泰国餐厅吃饭时，朱莉娅无意中对进行吞咽所需的喉部信任机制多想了想，放心地让食物从咽喉下落到食道，这是一种身体功能，类似眨眼、排尿或入睡。不过人不去想它，更容易完成这个动作。

当她满口的罗望子酸味鸭和茉莉香米饭快要塞到软腭的边缘时，她感到喉咙肌肉开始麻痹；她的自动吞咽机制停止了，气管完全阻塞，这是一种清醒状态的呼吸暂停。她不知道自己会不会这样死在这家泰国餐馆里。如果她死了，埃勒里和她的母亲是否会见面。

她有意识地动了动，没有呼吸，两只手伸向桌子那边的一瓶奢侈品牌矿泉水，往一只空杯子里倒了一大杯，然后小心翼翼地将杯子举到嘴边。借助水的重量和压力，她迫使自己强行吞下食物。

能够重新像正常人一样吸气和呼气，让她如释重负，差点哭了出来。她眨了眨眼睛，忍住一些微妙的眼泪，没有向埃勒里提及刚才发生的事情，埃勒里也没有发现任何异常。他后来告诉她，这顿饭并不合他的口味。

痛苦中的埃勒里

深夜一个奇怪的时刻，浴室里，埃勒里龇牙咧嘴，正往腰部下方一块巴掌大的地方抹处方药强度的药膏，然后在同一地方，他又贴了一块八角形的肌效贴，像一个神秘的符号。

朱莉娅走进浴室说，嘿，要她帮忙吗？埃勒里说不用，因为疼痛是在他脊椎底部里面。朱莉娅想去按摩那儿时，他说不用了，她没有听懂，疼痛不在他的脊椎底部而是在那里面，任何人都够不着。他还为冲她发火道歉。亲爱的，她说，亲爱的，没事。

另一个问题

有一次在他家的消防通道阳台上，在聊别的话题时，她问他："什么让你幸福？"这问题脱口而出，话一出口她立刻后悔，太女孩子气了，埃勒里这个年龄的人不会问这种问题。

她想说“是餐厅，对吗？”这样他就没必要一定得回答了，可是当她看向他时，发现他似乎在认真考虑这个问题。

傍晚的空气很凉，弥漫着人造物质被焚烧的味道。她望着市中心的灯火，又喝了一口天然葡萄酒。

埃勒里沉默了很久，她觉得他肯定会说些高大上的醉话来搪塞，比如：“幸福到底是什么？”但他的回答却真诚得让人安心：“在你身边。”

周　末

周一和周二是她的周末，玛戈特上班时，她就在公寓里到处走动，充分利用空间。

客厅是她一个人的了，她可能会燃上几支香，也许会在周围自慰。有时她会在玛戈特的房间里乱逛，乱翻她的私人物品，翻翻她的组合式书架上码着的那堆看来很商务的自助书籍，书名上少不了“心态”或“技巧”之类的字眼；仔细看看玛戈特房间墙上十几年前的低像素数码照片，照片里她和朱莉娅的姐姐一起参加各种节日和派对，两人当时的穿着都不怎么样，但看起来十分开心。

或者，如果她在埃勒里家过夜，她打发时间、侵犯别人隐私的活动则是埃勒里版的。她也许会用爱乐压[①]泡杯咖啡，使用他的娱乐中心。当她在他的公寓里寻找他藏匿的任何鸦片或高浓度止痛药时，她总是听任自己的内疚感泛滥，但是当她照例没有找到任何毒品时，她也总是会让宽慰之情取代内疚感。

还是那样

他们在一家餐厅吃了一顿有好几道菜的大餐。这家餐厅位于萨克勒家族资助的一个当代艺术空间翻新后的夹层内。

回家的路上，他说他还饿。回到他的公寓后，她烤了两个桃子，看着他把两个桃子和冰淇淋一起吃掉。他也许是她见过的最不装的吃货，也许也是最贪吃的吃货。

"我知道，我是一头猪，"他准确地猜出了她的想法，"最糟糕的是，我根本不在乎吃什么。就是说，我只想吃一堆**东西**。我只想吃啊吃。我会吃掉一叠不抹黄油的吐司，有多少吃多少。"

"我无所谓。"她说，站在一旁看他吃。他的身体里有一头不受束缚的野兽，它总是饥肠辘辘。"我觉得你胃口大挺好。"

---

① 爱乐压（AeroPress），由美国 AeroPress 公司于 2005 年发明的一种按压式咖啡烹煮器具。

“那好，既然这样，”他朝她扬了扬那只空碗，“你看看还有没有桃子？”

Irregardless[1]

他们在公园里洒了盐的冰面上走着，她的双臂紧紧抱着他的右臂。

他们开玩笑地争论着“irregardless”这个词，埃勒里说根本没有这个词，而朱莉娅坚持认为有。

就在她用自己的智能手机搜索、查询并赢得争论之时，朱莉娅发现欧文低头看着智能手机，一脸兴奋地从对面走过来。出于惊讶，她放慢了脚步，喊了他的名字。她模糊地感到埃勒里从她两手的搂抱中挣脱出来。

欧文四下里看了看，重新确认自己身处何处，然后飞奔过来跟他们打招呼。“我就觉得那声音听起来像你，”他对朱莉娅说，“但我又想，不，等等。那可能是她吗？”

“然后发现真的是我。”朱莉娅说。

“没错，”欧文说着，两只脚轮回蹦跳着取暖，“那么，你们俩

---

① 一个生造的英语口语非规范用词，同 regardless（不管怎样，无论如何）。

干什么去？”

“不干什么，”埃勒里说，“随便走走。也许去吃个中饭。”

“一起吗？”欧文说着眉毛微微一挑。“哦，不，”埃勒里赶紧说，“嗯，我是说，是的。一起吃个中饭而已。”

朱莉娅把手放到身旁，然后又把它们塞进埃勒里连帽衫胸前的口袋里，不过这件连帽衫现在穿在她身上。

他们站着聊了一会儿，当他们的谈话第一次陷入沉默后，欧文说他要去个什么地方，道了声再见，就走了。

她绝对没有生闷气，不过，当他们接着散步时，朱莉娅有意避免主动开口说话。

他们从没有真正讨论过这个问题，但是在餐厅里，他俩一直保持着一定距离。在朱莉娅看来，将工作和爱情巧妙地区分开来，似乎是一种文化和教养。但是，看到埃勒里利用这一点来与她保持距离，整个事情就显得廉价、变味了。

他一只手伸向空中，什么也没抓住又合上了。“对不起，”他最后说，“我只是觉得，暂时，不提及——这样会让生活更轻松些。”

“完全明白。”她说，虽然她并不确定自己是否真的明白。不过，她还是努力把刚才的想法放到一边，没有显得不开心。在他们讨论其他事情之前，她补充道：“你没必要向我解释我们之间的关系。”

斯蒂芬妮什么也没说

第二天早上，其他人都还没到，斯蒂芬妮把朱莉娅堵在厨房里，问道："那么，你和埃勒里？"

朱莉娅觉得自己的脸腾地一下红了，她说："我和埃勒里什么？"

"你们俩在一起多久了？"

"哦，没有。我们只是朋友。我们有时一起出去喝一杯，但是——"

"啊—哈。"斯蒂芬妮一边很讨厌地笑着，一边打开洗碗机，开始把里面的东西转移到一个塑料托盘里。

"不，是真的，"朱莉娅坚持说，她突然觉得自己有义务继续撒谎，"真的没什么。下次你应该和我们一起出去。"

斯蒂芬妮弯着腰，手里拿着一把干净的餐具，抬起头看着朱莉娅，露出了一个和以前一样但更令人讨厌的笑容。"啊—哈。"

"好吧，"朱莉娅说着，手腕转了几圈，"我们在交往，算是吧。不过才刚开始，而且不是太认真。"他们关系的保密阶段这么快就结束了，她感到非常失望，她本以为还能持续几个星期呢，而自己如此失望又让她分外惊讶。

就在这时，从厨房的单扇平开窗里可以看到，埃勒里骑着自行车来了，自行车还没停稳，他已侧身跳了下来。

“别担心，”斯蒂芬妮说，“我能跟谁说去呢？”

客定特浓咖啡

埃勒里显然认识朱莉娅常去的那家咖啡店的店员，他们也知道他的名字。他为朱莉娅点了一杯馥芮白咖啡，为自己要了一杯客定特浓咖啡。首席咖啡师——朱莉娅觉得有必要用她自己的无名方式向埃勒里强调她也认识他——回应了她的问候，但拒绝了她的付款表示。

“你怎么谁都认识？”朱莉娅说，她给咖啡杯盖上塑料盖，试了三次才盖好。

“这个嘛，”埃勒里现在站在外面了，他挠了挠发际线，用一种嘲讽的说教口吻说道，“我想我是个非常非常受欢迎的人。”朱莉亚从未公开反对过他的这种口吻。

我能告诉你一些我羞于启齿的事吗？

“啊—哈，当然可以。”她说。

打烊后，厨房里只有她和内森。她正在为明天的早午餐提前煮好五打荷包蛋。

“不是什么大事。”内森说。

“到底是什么事？”她背对着他，继续往不锈钢搅拌碗里打鸡蛋。

“事实上，算了，”他说，“没什么。”

“不，不，我在听。”

“哦，算了，”他说，“没什么。”

她转过身来看着他，两只手里各拿着半个空蛋壳。她以为自己今晚心情还可以，但看来并不好。“天哪，内森。要么说出你想说的话，要么成熟点，就是别这副样子。太幼稚了。”

情人们

他们在一个小房间里吃着蒲烧淡水鳗鱼串。两个月前，这里还是一个正常运转的洗衣店。

“我可以背出我所有前任的名字。”

在她对面，他在座位上动了动。“是吗？”

她喝了一口饮料。“熟记于心，并且按时间顺序。”

由于疲惫，她想说什么，他都随她。“说吧。”

她开始掰着手指头数起他们的名字来，数到安东尼时，她又换右手从头开始数。大卫、亚伦、马特·G、乔尔、以斯拉、肖恩、乔什、丹尼尔、卢克、安东尼、尼克、汤姆、克里斯、马特·C、亚历克斯。

“所以不是整个——”

她举起左手，握成拳头，只伸出大拇指：“再加上你。”她觉得很尴尬，想起以前在类似的场合中，生活总是让她难堪。她行事鲁莽，埃勒里现在无话可说。她敲了敲两人之间的白色桌面。“我不会打听你的前任的。”

周六集市

在埃勒里的坚持下，他们早早就请了假，去周六的街头集市和他女儿见面。埃勒里的女儿在那里卖自己手工制作的白色陶瓷器皿。这个市场经常被列入该市的周末好去处，因此人流密集。他们一路走来，进入了很多人正在用智能手机拍摄的照片或视频画面中。

这些手工艺摊位大多不使用现金，出售街头美食、极简主义插花、升级再造家具、公平贸易烘焙食品、精品珠宝、仅限医生处方的塑身衣、替代性乳制品、3D 打印餐具、复古眼镜、镂空设计的贺卡，等等。

朱莉娅觉得有必要在经过每个摊位时都看一看，至少要对摊主们笑笑，而摊主们大多也会对她回以微笑。埃勒里似乎心不在焉，走得很慢。她问他还好吗，他先说了声坐骨神经痛，然后又一再申明一切都好得不能再好了。

朱莉娅注意到周围有很多正在蹒跚学步的小孩，很多更小的孩子则用婴儿背带抱在大人怀里或坐在婴儿车里。她真是羞于承认，她脑海中最常浮现出的埃勒里的形象，就是他在照顾一个依赖他的小人儿的样子，而现在就要见到他成年的女儿了，感觉真的好怪。

“她说了在哪儿找她吗？”

“她应该——”他边走边扫视着摊位。“她应该就在——”朱莉亚在远处时还有点不确定，越走近就越肯定，她发现他们正稳步朝一位年轻女子走去。她的面部轮廓与埃勒里的面部轮廓简直是一个模子里印出来的。如果你稍微眯起眼睛看，他们的相似之处更为明显。

埃勒里做了介绍，然后他们隔着摊位柜台拥抱，柜台上摆放的陶瓷在他们之间发出轻微的碰撞声。

“嘿，外套不错啊，”埃勒里说，“我以前也有一件一模一样的。”

“可惜啊，穿在我身上更好看。”

“我清楚地记得，你曾经取笑过我的穿着打扮。”

朱莉娅有些欣喜地注意到自己和埃勒里女儿之间巨大的体重差

距，然后又为自己的这种欣喜而感到内疚。“这些盘子太好看了。”

“哦，谢谢。”

“我真的，啊，好喜欢。真的——”

“很高兴终于见到你了。爸爸跟我说了很多……”

“他也说了你很多，真的——”

“——说你多有才华。”

“不对。我只告诉过她你普通得不能再普通了。”

“他在显摆。你知道他觉得你——”

“这些盘子看起来——我简直不敢相信这些盘子看起来有多好看。”朱莉娅故意使劲盯着盘子看，以表达她的难以置信。

“是啊，我一直想让你男朋友，比如，为他的假意大利餐厅买一叠这些盘子。”

“首先，这不是我的餐馆。其次，它压根就不是意大利餐厅，真的假的它都不是。”

“我一直在说，他们需要改名字。”

“第三：我根本不管餐具。”

“好吧好吧。你怎么样？你的背还好吗？你走起路来像个老人。”

“我像吗？平时还好，今天是有点儿不舒服。这是因为工作台面太低，干活时我必须得弯着腰。”

“你今天早上就已经上过班了吗？”

“没有，但是——”

“我觉得他骑自行车更糟，比——”

“你有去上普拉提课吗？”

一条小型犬围着朱莉娅的脚转来转去，优生学繁殖将其品种中最可爱的特征夸张地展现了出来。小狗呼吸的样子好像它喘不过气来似的。

“这是你的狗吗？”

“我有空的时候就去。”

“是的。”

“但我很少有时间。”

“真**可爱**。”小狗把头伸到朱莉娅的脚踝之间，她跪下来轻轻地爱抚着它。“它叫什么名字？”

“我叫它小猫，但说实话，我觉得它根本不明白自己**有**个名字。”

“嗨，小猫，嗨，小猫。”

埃勒里弯下腰，跟朱莉娅一起抚摸小狗。当他用力地挠它的肚子时，小狗翻了个身，冲他大叫了几声。朱莉娅想，如果埃勒里是一条狗，那他就是一条德国牧羊犬或金毛寻回犬；一条人人都喜欢的大鸡巴笨狗。

其实埃勒里这话是对朱莉娅说的，但他却奶声奶气地冲着小狗说道：“你爱叫它什么就叫它什么吧。这家伙笨得跟块石头一样。”

“爸爸，你别这么用力地挠小猫。”

“为什么？”埃勒里说。他用两只手挠挠小狗，小狗欣喜若狂地在地上滚来滚去，还摇起了尾巴。“看，它喜欢这样。”

离开市场

头顶上，飘浮的云层添了些许荫翳，让这春日正午像黄昏般昏暗；埃勒里说可能会下雨，于是大家开始道别。临走前，朱莉娅从埃勒里的女儿那里买了两个盘子。无接触交易。

尽管埃勒里的女儿比朱莉娅年轻得多，可是她举止得体，还有她的狗、她的摊位、她的手艺，这一切让她看起来比朱莉娅成熟得多。站在她身边，朱莉娅想起了她的那些高中女同学，她们毕业后留在家乡，早早地完成了人生大事，过着远超年龄的成年生活。想到那些女孩，朱莉娅有点难过，于是，她有意去想些其他的事情。

它简直要命

在他俩都同意埃勒里不再戴避孕套之前，朱莉娅已经服用了一段时间的复合口服避孕药，虽然双重避孕措施在使用上有几周的重叠，但她知道，这并不一定能提高避孕效果。

埃勒里第一次在她体内射精后过了两天，一大早她被骨盆深度挫伤造成的疼痛惊醒。剧烈的痛让她不由自主地把受伤部位想象成一个被热能或夜视仪彩色灯光照射的发光靶心，这是多年来接触非处方止痛药广告在她心里产生的图像。

如果她尽量动作缓慢，呼吸轻浅，让痛感沉下去，分散到无法察觉的程度，她几乎感觉不到疼痛。可是不管身体向哪个方向稍稍用力，疼痛就又重新聚合到她的中心。

她一路忍着痛去上班，在员工卫生间里小便时，她感觉像有一把长长的锯齿状刀刃在割自己。接着，由于起身太快，她眼冒金星，不得不站在那里，等视线重新清晰起来，就像等待汽车挡风玻璃除雾一般。此时疼痛变成了沉重的三角形，她不停地想要小便。

在厨房里，她吃力地掩饰疼痛，同时还要掩饰自己为掩饰疼痛所付出的努力。她深吸一口气，痛苦地对埃勒里和欧文说："嘿，伙计们，我不想显得太夸张，但我想我也许要去看医生。"

埃勒里，关切地问："你没事吧？"

"是的。不，没事，我很好。只是——"她知道自己以后会因为欧文在场时说出这句话而感到尴尬，"这是女生的事。你们俩能——？”

“欧文和我能搞定，”埃勒里把一盘鸭油蔬菜放进烤箱，“你需要——？”

“不用，不用。”她解下围裙，眨眨眼睛，把热泪逼回眼眶里。她又痛苦地吸了一口气，强打精神，补充道：“不用。”

尿路感染

朱莉娅在触摸屏显示器上输入了个人信息和详细症状，待与该显示器联网的系统处理完这些数据后，她走进免预约诊所的候诊室。

联排座椅都朝向同一个方向，就像礼堂里的座位一样；朱莉娅选了一张两侧都没有人坐的椅子坐下，这样她能与其他病人保持一定距离。

她在智能手机上阅读了几条“妈妈网”[1]上的帖子，都是其他女性患尿路感染的经历。她打开另一个标签页查找“妈妈网”常用缩略词词汇表。她记得自己早年也曾得过两三次尿路感染，但她非常肯定，那几次绝没有这次严重。

① 妈妈网（Mumsnet），英国最具影响力的父母互联网论坛，供父母分享从受孕到分娩、到养育孩子的各种知识和建议。

她收到了埃勒里的短信："怎么样了？吻你"

她回复说："从厨房发来的？"

"不，哈哈，从办公室发的，"他又说，"你约到医生了吗？"

在如此不适时使用智能手机让朱莉娅有点头晕，不过能对抗身体之外的刺激也不错。"是的。"

"那好。欧文很担心。"

"告诉他不用！"

"可是你都好吗？"

她空着的那只手握成松松的拳头，轻轻拍脸颊。"是的。"

内森与抗生素

那周晚些时候，内森告诉她，过度使用抗生素会导致普通病毒进化成具有抗药性的超毒菌株。而在商品牛肉的生产过程中使用抗生素对人类健康构成了潜在的灾难性威胁。

如果他在接下来的五秒钟内看我，今晚我就告诉他我爱他

四月初的午后，阳光毫无热度。一家社区酒吧后面的啤酒花园里，两张桌子拼在一起，好朋友们围桌而坐——不管人们把亲密同

事归为哪一级友谊——他们都有点醉了。

这群人中的男性们用诺尼克啤酒杯喝着原浆啤酒[①]，朱莉娅和斯蒂芬妮则从高球杯里喝着金汤力，每个高球杯里都有几根红白条纹纸吸管。

朱莉娅从吧台拿了一轮新的饮料回来，分给大家后，她想重新坐回她以前的位置，就在那个角落里，埃勒里旁边，可他已经滑到那个位置上并将之据为已有了。她说："挪过去一点。"埃勒里不动声色地回答说："你来抢啊。"在开玩笑的对抗中，她一屁股坐到了他的大腿上，她立刻感觉到他双腿肌肉紧绷起来，便赶紧起身，挪到欧文身边的长凳上坐下。

斯蒂芬妮说："最近有莱娜的消息吗？"

"我没有。"埃勒里说。

内森呼出一口气，"我知道她在柏林"。他的脸上蒙着一层薄荷醇的雾气，他最近不抽香烟，改抽电子烟了，用一个形状和重量都与标准U盘差不多的蒸发器吸食含有甘油、尼古丁和盐的糖浆。"她在一家素食店工作。她还养了一只猫。"

"真是疯了，你居然什么都知道。要知道我和她可是正儿八经的好朋友，她已经好几个星期没有回我的短信了。"

---

① 原浆啤酒（Cask Ale），也叫桶中发酵啤酒，是一种不过滤、不杀菌的啤酒。

“是啊，这么说吧，我一直在用一种我称之为互联网的小工具关注着老莱娜。”

周围的人在继续交谈，朱莉娅醉眼蒙胧地盯着前方的一丛灌木，看的时间长了，她的视线出现了轻微的放大和横向平移——肯·伯恩斯效应，她隐约脱离了自己的身体，然后又渐渐重新回到自己的身体里；她意识到，很快就要回家了，或者去埃勒里家。这一天过得十分充实，在傍晚的蓝色光线中，她觉得满意、疲倦、满足。她抬头看了一眼埃勒里，想迎上他的目光，但他没有看她。

如果他在接下来的五秒钟内看我，今晚我就告诉他我爱他。一，二，三，四。

洗手间密码

第二天早上，朱莉娅迟到了。一上班，她很快就意识到这儿刚吵过一架，长时间的沉默回荡在厨房里，成了一种活跃的声学现象。

“你俩没事吧？”被埃勒里和内森的互不言语折磨了半小时后，她问道。

“好得不能再好了。”

从埃勒里的回答中朱莉娅猜不出原因，她转而试着逗内森开心。“内森，还记得那个家伙因为你不给他厕所密码而对你大喊大叫吗？你当时的反应是：**上洗手间根本不用密码**！可他就是不信？”

内森敷衍地点点头，继续将根茎类蔬菜切成条。

“哎—呀—呀。”朱莉娅说。她认命了，这一天接下来的时间里，她轻手轻脚地走着，不知道这两个男人之间到底发生了什么说不清道不明的事。

午休时，内森出去抽电子烟了，朱莉娅问埃勒里怎么回事。

“我想你不会懂的。”

“是吗，好吧。”她发现自己真的无话可说，只好来了一句：“也许我懂。”

融　合

下班后，朱莉娅成功说服埃勒里带她去参加一家非洲融合餐厅的试营业活动，这家餐厅大肆炒作，但实际并不怎么样。他们坐在榻榻米垫子上，吃着六口概念菜，她说每道菜似乎只有三口的实际味道。“还有，”她指了指头顶的灯，“这儿的灯光太**恐怖**了。”

埃勒里想找一个可以倚靠的靠垫。他在坐垫上稍稍往后靠，马上就失去了平衡。他想到这种座位的设计，赶紧向前倾了倾身子，咽下正在咀嚼的一口食物，喝完他的酒。

再开口说话时，他对着朱莉娅脸左侧大约一英寸的空气说：“也许，当我们去昂贵的地方吃饭时，你觉得，除了告诉我你和多少男人上过床，或者只会坐在那里抱怨之外，你还能做点别的吗？”

热量不足

和大多数厨师一样，朱莉娅在家主要也是吃低质量的安慰食品和快餐。几乎所有这些食物，她都是站在厨房里吃的，吃的时候总是很惭愧。这些天，除非她和埃勒里外出，否则她很少吃人们或她母亲所说的那种“真正的晚餐”。

质量控制

送菜出去的中途，埃勒里问他能否尝一下朱莉娅刚做的这道菜。她说当然可以。这次他并不像往常品尝她做的菜那样，用叉子斜着叉下一片白脱牛奶炸猪排，而是把整块六盎司重的肉从盘子里夹起来举到嘴边。一开始，朱莉娅还以为他这是在开玩笑。

当他用力咬下猪肉时，表情变了，之后还变换了好几种表情。

他把咬剩下的肉排放回盘子里，然后往旁边吐掉嘴里那口被嚼碎的肉，朱莉娅的目光投向了它。

“太差了。不好。”

“为什么？”她说，“有什么问题？”

“你要重做。”

“好吧，请说清楚原因，这样我就不会再犯同样的错误了。”

“你只管重做一道，”他说，“这是规定。我不是想挑起——”

“行，行，”她说，然后又气愤地补充道，“遵命，大厨。”

“你没事吧？”

“你最好先走开。”

“好，我走。”

有几秒钟的时间，朱莉娅盯着地板，不知道自己应该觉得这很正常呢，还是可以允许自己生气。她没有听到任何脚步声，她以为，如果她转过身来，会看到埃勒里还站在她的身后。她突然转身，想告诉他真的别理她时，却惊讶地发现他早就走了。

我们如何辜负他人也辜负自己

朱莉娅有时喜欢想象她过去的生活中埋藏着一个有趣的创伤性事件，她至今还不知道那是什么，但总有一天她会以一种好玩而又极易复述的方式把它找出来，并克服它。朱莉娅还没有学会跟人面对面地吵架，她只会当一种“缓解剂”。

又一个晚上，他们离开一家餐厅后，埃勒里再次对她的行为举止来了一通新的数落。就在她私下里试着猜测自己被压抑的创伤到底是什么的时候，她发现自己莫名其妙快要哭了。她为自己这样子一味道歉。她想向他解释，当他表现得很刻薄时，她很难准确地表达出自己的真实感受，她很难改掉把情绪积攒下来留给自己一个人时独自面对的终身习惯。

“我确实在努力。尽量多说话。我真的**很努力地**在与人交流沟通。”听到自己不断重复这些话，朱莉娅才意识到自己醉得太厉害。

“没事。我不是那个意思——”埃勒里的手轻轻地放在她的腰际。

天边，一轮满月过于明亮，仿佛那光是从月亮内部发出的。朱莉娅问当晚天象是否异常，埃勒里说他不知道。她用智能手机拍了一张月亮的照片，但手机屏幕上的月亮很小，看起来也很普通。他说：“你就记住它很古怪不就得了。”

到他们回家时，他们之间的气氛几乎完全正常了。他们真的很爱对方，躺在埃勒里的床上，听着他的刷牙声，她脱下牛仔裤，朱莉娅回忆着他们一同度过的美好时光，她又想起了月亮的大小。

埃勒里走进来，关掉大灯，房间里一下子冷了好多。

自由联想

她解释说，游戏的目的是让两个玩家同时说出他们想到的第一个词，只有两人同时说出同一个词时游戏才结束。她问他是否准备好了，他说准备好了。

“盘子。”她说，并示意他说话。

过了一会儿，他才说：“你好。”

“好吧，”她说，“这算是个测试吧。”

他一言不发，思考着下一句该说什么。

“厨师。”她说。而同时他说：“行走。”

“出去。”“空洞。”

“脸。”“日蚀。”

“日。”她说。然后又说：“哇，不。”

他说：“药丸。”

“把戏。”“手。”

“日子。”“脚。”

“太阳。”“鞋子。”

“垫子。”“天空。”

“吃。”“离开。”

“夜晚。”“作弊。”

“约会。”“散步。”

“褪色。”“啊——。”

“命运。”“墙壁。”

“谈话。”“全球。”

“母亲。”“小草。”

“桌子。”“窗户。”

“家。”“家。”

施赈人

一天午夜，朱莉娅下班独自离开餐厅，路过三个谈笑风生的无家可归的女人，个个都比她漂亮、年轻。她们直挺挺地坐在睡袋里，背靠通往新翻修的市政厅的水泥台阶。她只见过这座建筑为举办婚礼而开放过。

她觉得，在这个翻新改造即将完成的社区里，由于卡辛纳和她自己的这种向上流动，带动整个社区升值，从而导致房租上涨，自己对她们的困苦生活负有连带责任。于是她返回餐厅，重新打开厨房，在黑暗中，含着眼泪从头开始做了三份营养丰富的意式烩饭。

当她又来到这里，把饭菜送到这些女人手中时，她才看清斜靠在她们上方阶梯上的户外 PVC 横幅：接受捐助的露宿活动。为我们社区的无家可归者募集资金，提高人们对无家可归问题的认识。

“这真是太好了，”三位年轻女性中长相最顺眼的那位，吸着从打开的塑料饭盒里冒出的热气，“你简直就是个天使。”

未 来

在公园里，他们坐在纪念长椅上喝咖啡。云层又宽又横，看起来好像长宽比例弄错了似的。

埃勒里正在向朱莉娅解释管理层为卡辛纳制定的长期计划，其中包括扩大餐厅的用餐区，增加十二个左右的座位，无需额外聘请厨师或服务人员，从而实现规模经济。

朱莉娅觉得这个想法对自己个人没有多大意义，她听得不是太上心，但是坐在埃勒里身旁，听他如此热情地讲述，听他乐观地展望未来，感觉很好。

“那么，你觉得之后会发生什么？”她说着晃了晃咖啡杯，似乎要从咖啡渣中再找出些咖啡来喝。

“餐厅会赚更多钱。”

“然后呢？”

“我们都会更快乐。”

"然后呢？"

他的手掌心不在焉地顺着大腿摩挲着。"那之后，我就不知道了。"

埃勒里的依恋型人格

"我担心我的伴侣对我的关心少于我对他们的关心。"

"再说一遍我的选项？"

"非常同意，有点同意，既不同意也不反对，有点不同意，完全不同意。"

"你肯定认为我会说'非常不同意'。"

"我只是提出问题。"

"既不同意也不反对。"

她用一种他无法不注意到的方式翻了个白眼，然后选择了五个可选按钮中的中间那一个。有趣的是，当你选择了其中一个按钮后，就不可能再回到从未选择过任何按钮的初始状态了。你可以选择另一个不同的按钮，改换你的答案，但却无法回到按照有限逻辑你尚未从问卷的多个选项中选择一个选项的无限可能状态中去了。

"好，下一个：我的伴侣想让我做什么，或者要我做什么，我就做什么。"

他想了想："再说一遍选项。"

"非常同意，有点同意，既不同意也不反对，有点不同意，完全不同意。"

"有点同意。"他们之间的气氛似乎有点变化。他看着她。"怎么啦？"

"我的伴侣想让我做什么，或者要我做什么，我就做什么。这是个问题。"

"我第一次就听清了，我有点同意。"

"好吧。"她说，然后选择了与埃勒里的回答相对应的按钮。她不知道是否应该说出她此刻的想法。

"而且，这不是一个问题，"他说，"这是一个声明。"

消　息

你知道吗：为了保护你的隐私和安全，非好友通过Facebook专用聊天平台向你发送的即时消息会被过滤到收件箱中一个名为"信息请求"的子文件夹里？而且，对于这些未经请求主动发给你的信息，你不会收到任何角标或推送通知，因为其中大部分都是由机器人群发的。

朱莉娅很晚才睡，她在等着跟姐姐在Facebook上视频聊天，姐姐生活在中南半岛时区八小时后的未来。与此同时，她还在获取来自多个渠道的信息：一边阅读长文，一边浏览着各种衣服，想象自己穿上它们的样子。

与其说是好奇，不如说是无聊，她打开了 Facebook 聊天软件里的默认“最新”收件箱，在触控板上将光标从收件箱中移开，途经姐姐的名字及旁边表示她不在线的灰色圆点，朝她的“信息请求”子文件夹移去。

她已经有一年多没有这么做了，当打开她的“信息请求”子文件夹时，朱莉娅发现有三条未读聊天记录在那里等着她。其中两条是假冒账号发来的，分享的是雷朋眼镜的优惠代码，第三条是莱娜发来的。

在她笔记本电脑的显示屏上，她从莱娜那里收到的全部信息记录大约有五英寸长，分布在四个不同的灰色圆角文本框中。从每条消息旁边显示的时间看，这些信息是在两个月前的一个星期五凌晨 2:21 到 2:26 之间的五分钟内发送的。

第一条信息写道：“向厨师问好！”第二条信息写道：“我希这信”，第三条信息写道：“哎呀”，第四条信息写道：“我希望你一切都好。我写这封信是想请你转告你的垃圾跟踪狂男友，别他妈再给我发信息、打电话了，也别他妈再来烦我。我已经屏蔽了所有能屏蔽他的地方，但他还是不明白我的暗示，我请你告诉他，我对他和他的狗屁生活不感兴趣。如果你还有理智的话，就尽快离开那里。朱莉娅，我当时没意识到，他是个神经病。你看起来人不错，我很遗憾地听到你被他的鬼话迷住了。如果你在等警告，这就是你一直在等的警告。”

朱莉娅盯着这条信息看了很久很久，当她终于移开视线时，她看什么上面都有这条信息叠加的残影。

她无法不相信自己读到的东西。她想了很久埃勒里和莱娜的事，她想到埃勒里总是对他的年轻女雇员有兴趣，她想知道莱娜现在哪里。一个人在黑暗中反反复复地想了几个小时之后，她决定，她根本没有读过这封信。

朱莉娅被电话吵醒

“把你正在交往的这家伙的一切都告诉我，否则我就把我知道的那点儿事都告诉妈。”

“嘿，什么？”

“你醒了吗？”

“没有，我是说，你把我吵醒了。但是我不知道你说的这‘家伙’指的是谁。”

“就是玛戈特说她在考虑要开始收房租的那个‘家伙’。”

“她什么？他在这里，最多只住过，三次！”

“真的有用！我就**知道**你有对象了！”

“噢。”

“我看得出来！而且我猜对了！”

“哦，你这个老滑头。”

“即使我在地球的另一端，我也能感觉到。我总能**感觉**到。”

“你要花招骗了我。”

“他叫什么名字？”

“拜托，别说了好吧。我们的关系现在还谈不上认真。”

“嗯，在我听来，能留宿三次还不是**很**——”

“老实说，现在真不是谈这个的好时候。是玛戈特跟你说的这些吗？”

“不是。我只是有种真正的直觉。你知道，我追踪了所有可用的，**线索**。比如：你昨晚干嘛去了？我一直在网上等你。”

“对不起，我昨晚真的很累。”

“是啊，好吧，我们都累。你现在还在床上吗？”

“是的。”

“真是个大懒虫。”

“你的准丈夫呢？”

“徒步旅行去了。跟一个夏尔巴人。在这里，他们总让你和一个夏尔巴人在一起。显然是因为上个月有人在森林里迷路了，而他没有跟夏尔巴人一起。他们花了大概两周时间才找到他，因为他死了。”

“天啊。”

“是啊，饿死的。”

“几点了？”

“也可能死于曝晒。其实有时夏尔巴人也会死在野外，我听说过这样的。我也不知道。下午了。”

“这里是早上六点。天啊。”

“好吧，珠儿，这就是你睡过头，错过一个精心安排的Facebook 聊天约会的下场，你会接到一个时机不对又很烦人的补救电话。那么，你的新男友最像哪位名人？”

“求求你别说了。”

“好吧，好吧，好吧，我们不一定非得谈这个。但你想我吗？”

我的生活过得不对

不可避免地，她想莱娜那条消息的频率与她努力不去想它的强度成正比。每次想到埃勒里，莱娜那条消息就会不由自主地浮现在她的脑海中。

与她过去所承受的其他侵入性念头不同，那些念头很容易用别的娱乐活动分散转移或者掩盖，而几周来，尽管用多种方法刻意回避，对莱娜那条消息的记忆仍然还在那里。

偶尔，朱莉娅会去莱娜的Facebook上逛逛，看看她是否真的住在柏林，她的发型长度是否已经令人沮丧了，可这只会让她感觉更糟。她应该回复她吗？她又能说什么呢？

有好几次，吃饭当中、在床上或工作时，她都想问问埃勒里这件事。有一次，工间休息时，她在卡辛纳候见厅般拥挤的办公室里哭了整整半个小时，强忍着不哭出声。通常埃勒里把自行车存放在这里，内森在上班时有时会跑到这里喷体香剂。但是没有人发现她，也没有人去找她。也许她把自己藏得太深了。

引 诱

餐厅里有五个人，都是员工。埃勒里、内森和朱莉娅在厨房里为即将到来的午餐营业做准备，而在吧台区域，一名新招的服务员正在培训另一名比他来得更晚的服务员如何使用收银机的销售积分软件。

朱莉娅从储物柜的刀鞘中取出一把宽刃山德刀，这把刀几周前刚请专业磨刀人磨过，虽然比她喜欢的还是要稍钝一点，但用来把解冻的小牛肋排切成小块应该没有问题。朱莉娅将手放在刀背上，向下用力，让刀刃切入坚硬的肉中。由于无法承受她所施加的力量，刀刃在她用力下压的过程中开始歪斜；刀在完全脱手前歪向一边，刀柄从她的手中滑落，在工作台上滑向内森那头。

“天哪，”朱莉娅说，“它根本是钝的。”

内森说：“叫那个磨刀的人来。他早就该来了。”

“别叫他，”埃勒里说，“他下个月会来。刀没问题。朱莉娅，你要放松一点。这是技巧问题。”

“好。”

“说实话，”埃勒里继续说，“如果你让肋排解冻的时间再长一点……”

“你总是维护别的东西，而不是我。”

“什么？”

“每当我对某件事有意见时，你总是自动地维护某件事、某个机构或某条规则，不管是什么，反正你从不站在我这边。”

“如果我知道你是错的，我为什么要站在你这边？”

“因为，这不仅仅是正确与否的问题。就好像，你很享受对我颐指气使或教训我的这种时刻。”

“真奇怪，你是在说我的行为就像我是你的老板？”

“我知道这对你来说很搞笑，但老实说，是的，我就是这种感觉，尤其是在工作之外。从你最近对我的态度来看，你好像根本不喜欢我。”

“她说得有道理。”

“内森，请你——”

“那你告诉我，”朱莉娅等内森走出厨房后才继续说，“你还喜欢我吗？”

“举一个这样的例子，关于我为别的什么事辩护的例子。”

“刚才就是啊。”朱莉娅说，目光扫向刀子，然后又回到埃勒里身上。

“再举一个真实的例子。”

“你到底还喜不喜欢我了？”

“如果我们争论的整个基础都建立在一个你根本找不到例证来支持的说法上——”

“埃勒里，问题不在这里。”她并没有真的在大喊大叫，但是她的音调在逐渐攀升，已经可算得上是喊叫了。她侧过头看看酒吧服务员是否在听，他们确实在听，不过他们假装在忙着一些零碎工作。

“请说出发生过这种情况的其他时候。”

“上个星期。”朱莉娅说，虽然不是真正的回答，但至少说了点什么。

“上个星期？”埃勒里说，“上个星期发生了什么？”

厨房墙壁上安装着符合食品标准局指导方针的电子杀虫网。此时杀虫网发出吱吱声，说明一只成年家蝇受紫外线灯管发出的稳定光源的引诱并被其杀死。

朱莉娅说她不知道。

宁静祷文

几天后的一个晚上，天黑以后，朱莉娅一个人在厨房里拖地。欧文说他已经拖过了，但显然没有。她格外认真地思考着自己正在做的事情，这样她就不用考虑自己的其他感受了。

稀释过的地板清洁剂的泡沫在她的鳄鱼洞洞鞋底下溶解。她转过身来查看自己在还未干透的地板上留下的洞洞鞋形状的褪色脚印。她用拖把擦掉那些脚印，然后大步穿过房间，去厨房的另一块地方接着拖地。当她往尚未拖过的地板走去时，又在她已经拖过的地上踩下了更多的脚印。

她拖地的方法有问题，她是绕着圈子拖地的：人站在不干净区域的中心，拖地范围是以拖把手柄长度为半径的范围内的所有可触及的地板。她突然想到，为了获得最大地板覆盖率，并避免踏入任何先前清洁过的区域，专业保洁员可能会条纹式地拖地，即一边倒退着走，一边拖前面的地板，抹去他们走过的所有痕迹。

让拖布快速甩干的秘诀在于，先应将浸透水的拖布条扭成麻花状，然后将它们塞入水桶的内置甩干器中。朱莉亚使用的这套价格实惠的拖把和水桶组合上都印有“涡轮”一词。她以前上班的地方使用的是一种时髦的名牌拖把，你需要另外购买微纤维拖布，拖把杆上还有一个内置喷雾装置。

水桶里的水已经变成了不透明的灰色。可能拧干时太用力，当她把拖布浸入水桶里，以“8”字形的循环动作搅动拖把，以便让拖布吸入最多的水时，拖把出乎意料的轻。她意识到，从拖把轻盈的手感来看，拖把那不可拆卸的拖把头一定是断在水桶里了。

为了向自己证实这件她基本上已经知道的事，她用拖把杆浸在水下的那头在桶中到处戳戳捅捅，去感受那断掉的拖把头。她立刻就找到了，然后将拖把杆已经光秃秃、湿乎乎的那一端从那桶黑水里提出来。

要捞出拖把头，她必须把手浸入那桶肮脏的灰水和厨房地板上的碎屑中。想到要这样做，她把拖把杆狠狠地砸在地板上。扔完后，这个动作的速度和暴力让她觉得自己发疯了。

低头看着水桶以及躺在一旁的拖把杆，她的身体似乎突然变得很痒，她讨厌衣服碰到她的身体。她既想永远尖叫，又想这辈子再也不发出任何声音。她想念“宁静祷文”，却被挫败感和愤怒所淹没。啜泣声像干呕一样缠绕着她的身体。“哦，去你妈的，去你妈的，去你妈的，去你妈的。”

一切都很好

最糟糕的是，由于她擅长假装一切都好，弄得一切似乎真的都很好似的。

表面上看，他们的关系似乎得到修复，甚至比以前更好了。埃勒里为自己最近的尖酸刻薄道歉，朱莉娅则自己编造理由道歉。

他们的白天黑夜仍像往常一样：一起工作，一起消闲，在城市中的各种餐馆里没完没了地品尝着小份菜。

在她看来，分手似乎不可避免，又似乎不可能。她知道自己必须这么做，但同时，她也许永远也不会这么做。

他们说话时，她只能说些客套话应付。她表现得非常愉快，而他可能正享受着人生中最美好的一段时光。

一天傍晚，他们一起散步，他握着她的手，很夸张地大幅度来回摆动，她不情愿地笑了。

“真好。”他说，和她一起笑。“我们在一起很愉快。”

金　钱

为了防止自己今后几周陷于贫困，朱莉娅取出了她知道未来几周生存所需要的最低数额的现金，现在她账户的余额远远不够向玛戈特交付即将到期的房租了。

在这个月的倒数第二天，她打电话给母亲请求经济支援。除非情况特别紧急，她一般都尽量避免这样做。

“嗨，妈。”

“我的珠儿！稍等我一下。”母亲的声音听起来既遥远又高亢。

朱莉娅在脑中数到十之后问：“一切都还好吗？”

“你**现在**好吗？”

“我很好。一切都好吗？”

“一切都好！我忙着呢，我在开车。”

“我可以再——”

“不，我是说，我在忙着开车，但没有忙到不可开交。美食世界怎么样？”

通常“美食”这个词会让朱莉亚觉得很难堪，她说：“挺好的。听着，妈，我想向你借点钱。”她想象着母亲的双手放在方向盘上十点和二点的位置，这是她良好的驾驶姿势。“妈，你在听吗？”

“是的，我在听。”

“可以谈谈这个吗？”无需任何证明，朱莉娅就能远程感知母亲在摇头。“要不，如果你愿意，我们可以晚点再谈。”

“我真后悔没有教你如何理财。”

“妈。”

“你和你姐姐一样。你们只想要最漂亮的东西。你们根本不知道如何预算开支，如何存钱。”

“我借钱是因为——”

“你姐姐这些天唯一联系我的几次就是为了向我要钱。”

“妈，我不知道——”

“哦，你怎么会知道。你不知道事情对我来说有多难，对你们来说又有多容易。”

“妈，真的对不起，我——”

“告诉我你要多少钱，我转给你。但这是最后一次，今后很长一段时间我都不会再这么做了。你现在长大了，应该像个成年人一样用钱了。”

别处的餐厅

夏季来临前的一个宁静的清晨，走在上班的路上，朱莉娅决定要彻底改变自己的生活状态，才能继续生活下去，不能再像以前那样了。

起初，她很难主动理清思路。也许他们可以继续在一起，直到她找到新工作？但是不行：如果她反正都要经历这两个可怕的时刻，那么与其分别经历、延长痛苦，还不如把它们合成一次难以忍受的经历。如果只做她应做的一半，那只是横向移动，并没有前进。总有一天，但不是今天，她会提出辞职，同时与埃勒里分手。

但是为什么今天不行？任何事情拖得越久，就越不想做了。

但是你怎么能完全确定呢？你永远不能完全确定。

但是她的生活圈子很小，小到令人惭愧地只有几个地方几个人，而埃勒里几乎全部参与其中——想想看，抛弃这种生活，重新开始，需要付出多大的努力吧。想想看。

公园里，树木正通过地下退化土壤中的菌根网络默默地相互交流，可她以前从未特别留意过。为躲闪一只低空飞翔的小鸟，朱莉娅往后一退。她很难以第一人称视角来客观地判断与鸟相撞的实际可能性。一群青少年骑着赛威格威平衡车幽灵般悄无声息地从朱莉娅身边经过。他们超过朱莉娅的时候大声笑着，可能是笑她对那只鸟的过度反应。

也许因为情绪激动，也许因为风太大，也许两者兼而有之，她的双眼湿润了，公园里的迷彩色忽明忽暗地闪烁，模糊成一片。

以前，她只是模糊地考虑过未来离开的可能性，通常这种念头刚浮现就迅速消失了，但是今天早上，她感觉自己从一种全新的、变革性的角度重新审视了这个想法，仿佛她从起初没认出的小巷里走出来，来到一个熟悉的地方，一切豁然开朗。有那么容易吗？真的会是这样吗？

现在，把她的感觉和与此相关的事实摆在一起，实际地想一想。她在脑海中打着草稿，她要说什么，又该如何说。就告诉他真相好了："埃勒里，我——"等等。

也许她可以等到下班以后再说？不，不说清楚，这一天她没法过下去。也许她可以偷偷地离开他，消失？不，那样做简直疯了。

她找到新工作之前，母亲给的钱可以维持生活。她可以在别处另找一家餐馆，重新开始。

直到此刻，她才注意到她一直心不在焉地绕着公园周边的环形路在走，她要去的地方早已走过了。她折返回去，直接朝卡辛纳走去，避免靠近埃勒里有时骑车上班会走的那条安静的小路。

快到餐厅时，她怀疑起自己的动机来。难道她又像往常一样，每当一段新恋情失去新鲜感时，她就结束它，跳船逃离？重复既有的坏习惯，可能还是有毒的习惯？不，不是这样的，信任的底线已被越过。

当她走近卡辛纳餐厅所在的那栋半历史性的低矮建筑时，她越来越恐惧，同时还伴随以她一贯就有的焦虑。上帝啊，如果你能让此刻好过一点，我这辈子都会相信你的。

他就在那里。在她还没准备好去见他的时候，他就近距离出现了。从室外可以看到室内，他独自坐在一张靠窗的桌子旁，在清晨明亮的光线下，他坐在一片向下盘旋的灰尘颗粒中。一个要么是她爱的人，要么是冒充她爱人的人。

她打开餐厅的磨砂玻璃门，迈步走了进去，再小心地关上。阳光洒满了用餐区，她准备将自己的想法付诸行动。在这最后一次之后，我再也不会踏进这里一步。我再也不会活在你对我的偏激想法之中了。

他正在处理一些文件，仍然没有察觉到朱莉娅的存在。他的头微微倾斜，露出头顶上儿童手掌大小的一块秃头。脸上毫无表情，像面具的内部一样空洞。

看着他，她之前的愤怒软化了，化为一股温情，先前对她来说很清晰的信号正在逐渐减弱。

夏季来临前的一个宁静的清晨，她可以在门口站一辈子，而他可能永远都不会抬头看她一眼。除非她说出他的名字，宣布自己的存在。她的身体与他的身体之间隔着四五步的距离。明亮的自然光线洒满房间，从多个表面反射回来，强烈到几乎让人无法承受。她站在那里看着他，等待当前时刻让位于即将到来的时刻，她觉得——可是，她找不出一个准确合适的词语来形容它。改变了。

一个人更好

我注视着眼前闪过的这座城市，高楼大厦将航空警示灯模糊的红晕漫射到傍晚半透明的雾霭中。我把某些摩天大楼当作个人劲敌，一直密切注视着它们，这时我坐的这节车厢驶入隧道，在黑暗的隧道里，我看到我的脸和脸上轻蔑的表情叠印在对面正好一片空白的车窗玻璃上，我的脸被微凸的玻璃拉长至一米宽。

车厢在抖动，颠簸让我有点头晕。我把偷来的一瓶超市自营品牌的玫瑰红葡萄酒紧紧夹在大腿之间，并想到自己拥有这样做的能力：锻炼骨盆底肌肉。

我已经走了大半的路程，才意识到应该给泰迪发条短信，告诉他我要来，因为在过去的几周里，我没有回复他的“敬请回复”。

“生快，泰迪！如果没问题的话，我可以来吗？朱莉娅或鲁丝会来吗？”我从隧道里一出来，这条短信发了出去。

我的智能手机屏幕左下方立即出现了一个灰色的省略号，表示泰迪那边正在输入信息。我不知道这是否意味着还没有人露面。“谢谢！”他发来短信。然后又问：“今晚？”

我犹豫了一下，回复道：“对，参加你的派对。想问问如果可以的话，我能来吗？”

他回复：“还以为你不来了呢！”接着一条：“是的，鲁丝来了，朱莉娅明天一早要上班，所以来不了。”然后一条：“我*！大家能一起玩好开心！！”然后又一条：“我还以为你不来了呢。”然后：“等不及了。”再然后是一个不知其意的表情符号。

“太好了，”我回答道，“如果你确定没问题的话。”

“当然。当然。等不及了，我还以为你不来了呢！！！很高兴你回心转意了。”

“一个完美的360度大转弯。再见。”写完后我重读了一遍，把“360”换成“180”，发送。

泰迪的父母住在城市远郊一个城堡式的高档住宅区，那里绿树成荫、街道平整，还有电动汽车充电桩和防止无家可归者滞留设施。我在那里下了火车，随着一位老人通过检票口，迎面扑来的就是这个社区的超级静谧和毫无灯光污染的私人夜空景观。

在我的地图应用程序上，算法计算出了一条通往派对地点的十五分钟步行路线，我确信我用不了十五分钟。我追踪着代表虚拟自我的三轴定位蓝点，它在我周围环境的空中透视图上滑行。当我稍微放大地图以确定我的位置时，地图上，在已加载的缓存范围之外，未缓冲的区域呈现出一片未绘制的米黄色网格，网格上穿插着更深的米色线条。我把智能手机揣进兜里，不依赖导航，步行前往。

我以前来过泰迪父母家三四次，但现在却很难回忆起它的确切位置。从外观上看，这个小区的新建房屋都具有同样突出的遗传特征：一色的全杉木外墙；铝合金飘窗，而且大门用的都是长而垂直的条状把手。

喝了一个小时温热的玫瑰红酒，绕了一个小时难以分辨的死胡同，我终于来到了一条车道边，我非常确定这儿就是泰迪父母家。

我回想起，在泰迪的两个生日前，我最后一次踏上这条碎石路时，是微笑着牵着朱莉娅的手走过的。我想念她的那些美好，我想了很久，才收回思绪，整理记忆。

我发现自己停下了脚步，就接着往前走。走到大门口，我稍停了一会儿才敲门。我想起在网上看到的关于如何最大限度地提高亲和力的建议。研究表明，真正的自信可以通过模仿练习得到。我朝手心哈了好几口气，闻了闻手的味道。

没人应门，敲了第二次后，门开了一道缝。

在房子宽敞的门厅里，大约有二十多人，四五一群，喝酒、聊天、有一下没一下地跳着舞、放声大笑，天花板下晃动着许多金色的星形气球。我悄无声息地走进了派对。

周围全是不认识的人，从他们的口音和衣着看，我猜他们是泰迪私立学校的阔朋友。我发现，他们中的大多数人长得都很好看，而那些不太好看的人衣着光鲜，足以弥补他们长相之不足。

客厅里传来的四连击电子舞曲在过道里回响。我从客厅和厨房门口打量，并大致估算了一下，在这两个房间之间还分布着二十多位客人。我不惹人注意地穿过走道，仍然没有认出任何人，我拿出我的智能手机。

我给泰迪发短信，给鲁丝发短信，用另一只没拿智能手机的手紧握着玫瑰红葡萄酒瓶的细瓶颈。发完短信后，我把手机高举在面前，作为支撑我丰富个人生活的道具，表明我也有四十多个朋友，尽管他们现在都不在这里。

最后，我把智能手机放进兜里，又在过道里转了一圈。然后，我越过派对宾客的合理欢迎界线，上楼去了。

把尿撒到水池里——这种适应不良性应对机制是我小时候养成的毛病，因为我不想让父母听到我半夜上厕所。二十多年来，我一直成功地掩饰着自己的这种习惯，至今仍未摆脱它带来的羞耻感。我仍在抵制智能手机的诱惑。我在我的手无意识地伸向口袋的途中抓住了它，这个动作是取出手机的信号，我觉得我战胜了以前各个版本的自己，因为以前的任何一个自己都没能察觉并打断这种行为循环。

为了奖励意志力取得了这一成就，我再次从裤兜里掏出智能手机。我回到我经常访问的那几个社交媒体平台。每次这样做，至少有一部分原因是想看看这些社交媒体是否还像我记忆中的那么糟糕，而无一例外，每次还是那么糟糕。

在快速浏览泰迪的 Instagram 上的故事时，我收到了鲁丝的一条短信："你要来？什么时候？"

我把智能手机放在水池台面上，用豪华洗手液洗了手，再用加热毛巾架上的毛巾擦干手。我喝完最后一点玫瑰红葡萄酒，足足打了三秒钟的饱嗝。

我不记得我开了灯。在洗手间刺眼的灯光下，我瞥了一眼泰迪父母套房镜子里的自己。此时，我已经喝得大醉，视线令人愉快地模糊不清。我掸了掸黑色运动衫领口和肩部的头皮屑。

浴室里弥漫着玫瑰红葡萄酒和檀木的香味，我也不知道为什么我要这样做，我在手机上搜索到"檀香扩香器"这个词。"哇。"我大声对自己说。它们没我想的那么贵。

下了楼，我又回复到独来独往的姿态，仍然是派对宾客群体的一个异类。

我穿过走廊往厨房走去，饮料应该在那里，这时我感觉被人从后面抱住了。我转过身来，泰迪冲着我的耳朵大喊我的名字。我也拥抱他，他用正常的音量说见到我真高兴。

我祝他生日快乐，因为没有给他买礼物而有些难为情，但这丝难为情稍纵即逝。我撒谎说："你看起来气色很好。"

事实上，泰迪看起来比我见他的任何时候都要糟糕得多。不光是糟糕得多，而且又大了一圈——不光是大了一圈，而且更病态了。他那没有颧骨、软绵绵、奶制品般的脸似乎比以前更苍白，他那半结实的肚子更鼓、更结实了。

泰迪是个"悠悠球"式的节食者。成年后，他的身材一直起伏不定，减重与反弹都以五十斤为单位。显然，在过去的几个月里，他的身体一直处于持续膨胀的阶段。我想起在我们读大学时和大学毕业后的整个友谊期间，我只见过泰迪一次不穿上衣的样子，那是几年前他换下被大雨淋湿的衣服时。我又回想了一下那天我看到的样子，他的乳头和肚脐合在一起像一张怅然若失的脸。

我们互相拍着对方的后背，亲热地寒暄，回忆过去的时光，我脑海中的那幅画面慢慢消失了。

我又感到了和他在一起时的那种熟悉的快乐，我知道我们都很喜欢对方。泰迪问我有没有喝点什么，我说没有，他捏住我的脸颊说："那我们得做点什么了，对不对？"

在光线昏暗、拥挤的厨房里，泰迪把我介绍给了海洛伊丝，海洛伊丝又把我介绍给了利奥尔，我又把利奥尔介绍回给泰迪。

“我当然认识利奥尔，”泰迪说，好像这是尽人皆知的事情，“利奥尔的父亲和我父亲是同事，他们都是极其重要的人物。”

现在我想起来了，这个其实是早已确立的友谊规范。泰迪和利奥尔的父亲共同拥有一家与建筑、法律或者与建筑法有关的事务所。更糟糕的是，我想起来，我和利奥尔以前晚上在俱乐部和酒吧见过几次，他的交通都由泰迪安排，必要时泰迪还负责为他买票等后勤工作。我认出利奥尔的脸上浮现的那种微笑，我在其他更熟悉的面孔上见过并且感到失望的那种微笑，一种纯粹装饰性的微笑。

“亲爱的，”泰迪说那总是温暖的右手捂着我氧气不足、永远冰冷的左手，“做个好孩子，给我们从冰箱里拿点好东西来喝好吗？”

我很高兴被分配了一项需要我退出谈话的任务，便懒洋洋地走向冰箱，打开了巨大的不锈钢门。

在与我的视线完全平齐的那一层，十二种白葡萄酒排成四乘三的队列。这些酒瓶仿佛都在竭力伸长脖子，渴望被选中。我借着冰箱里的灯光看了看它们的标签，搜寻着任何我能识别的品质标志，手指轻轻地在它们中间转动，然后试探性地挑了名字听上去最法式的一瓶，又放回原处，选了它旁边的一瓶酒，回到了泰迪身边。

他递给我一个电池驱动的开瓶器，看起来有点像警察用的手电筒。我把开瓶器套到酒瓶上，往下直套到瓶肩，我问他：“你确定这个管用？”对此，他给以肯定回答。我注意到他的智能手机，尺寸大得不同寻常，一只手几乎握不住，现正以一个尴尬的角度放在胸前，对准我。“你在拍摄吗？”我问道，他再次做出了肯定的回答。在我成功地用工具把酒瓶塞从瓶颈处拔出并获得掌声后，他说了一句我没听清的话，逗得大家哈哈大笑。

我把酒倒进洗碗池边的七只空酒杯中。我突然意识到这些其实不是备用酒杯，而是用过还没洗的酒杯，我想着怎么也要先用洗洁精冲洗一下杯沿，但我没有这么做，我只是把倒好的、被细菌高度污染的酒杯分送给主人和周围的客人。

泰迪一只手搭在我肩膀上，一再重申他很高兴见到我。他的牙齿因为红葡萄酒而发紫，呼出的口气带着白葡萄酒的酸味，他提高嗓门向听众讲述了一个我听过无数遍的笑话，我都能记得他会在哪儿停顿等待听众的笑声。我开始还担心他首先会向我敬酒，后来又为自己的担心而感到不好意思。他说完后，我想说一则我自己的趣事，但又担心在这里说它是否合适，等我拿定主意觉得它值得一讲时，我发现当前话题已转到别处，不再适合讲了。

我飞快地喝完一杯酒，重新倒满，再更快地喝完，然后把空酒杯推到离我一臂之遥的厨房中岛对面。我现在感觉很爽，微笑着看着泰迪的朋友们，他们也开始觉得他们和我是朋友了。

我脑中一个念头一闪而过：我是真的出了什么大问题，还是和其他人一样，只有一点点小问题？接着，我的思绪转移到客厅里还能听到的四连击电子舞曲节奏上，我到客厅去寻找鲁丝。

她一定感应到了我对她的关注，因为我刚离开厨房，就听到她在走廊对面叫我的名字。

“嘿，陌生人。”她在一群事业有成的年轻人中向我靠近。她真勇敢，是派对上唯一穿着夏装的人。

我们拥抱问好。“你好啊。”我话一出口就后悔了。

“好久不见。”她说。这倒是真的。

鲁丝和我以前比现在亲密得多。在我们都做着清苦而收入微薄的文职工作时，我们每个周末都会一起出去玩，也就是那个时候，我们分道扬镳了。她通过一个朋友的男友幸运地找到了一份“很酷的媒体工作”，生活水准大有提高，搬进了城市高档社区的一套公寓，就是那种电视情景喜剧中的公寓，而现在我几乎难得见到她了。

她冲着我的脸在笑，我能感觉到我的脸因为酒的缘故松弛了。“你看起来像是在享受人生中最美好的时光。”

我强调说：“我很开心。”还挤出一个微笑。

不知什么时候，我的手里多了一瓶啤酒，可能是鲁丝放在我手里的，我不想问。我在想自己是否应该先清醒一下再继续喝，可是趁她看向别处时，还是猛喝了几大口。

“这幢房子总是令我难以置信，”她不可思议地摇着头，“你能相信吗？”

我用手背擦了擦嘴唇。“真是难以置信。”

鲁丝把头一偏。“今晚朱莉娅没来。”

“哦，是啊。”

“你上次见她是什么时候？”

我想了一下。“几年前了。”

“你知道她在和一个老男人约会吗？”

“什么？”

“她在和一个老男人约会。”

“谁？”

“朱莉娅。”

现在不是讨论这个的时候。“什么老男人？”

“她老板之类的。他是个中年人。”

“她告诉你的？”

“不是，她告诉泰迪了。泰迪显然是个守口如瓶的人。”

“好吧，”我低下头，“我想，祝他们一切都好吧。”鲁丝的一只脚的第二根脚趾上戴着银戒指，但我现在没心思取笑她。

“你知道谁来了吗？”她说，“斯坦尼斯瓦夫·里希特。”

“斯坦尼斯——？”

“——瓦夫·里希特。还记得他吗？他是大三时最酷的家伙。”

“斯坦尼斯瓦夫·里希特。”我说着点点头，想不起这个名字。“他在这里干什么？”

“我猜他是泰迪的朋友。他现在超级有钱，靠股票什么赚的。”

“这里的人不都很有钱吗？”

“你就没钱，”鲁丝说，然后又认真地说，“我也没钱。”

“嗯，也许你可以爱上一个有钱人。”我说着把剩下的啤酒一饮而尽。

她宽容地看了我一眼。“你还知道点别的吗？”

“不知道。”

“很高兴见到你，”她拍拍我的头顶，然后慢慢地缩回手，“你上次洗头是什么时候？”

穿过客厅，八扇全景玻璃折叠门打开着，方便客人们到室外活动。

鲁丝和我站在露台上，手拿新的饮料，跟人说话聊天。不知为什么，鲁丝居然不觉得冷，我快冻僵了，我站在那里，双手合抱，手放在胳肢窝里下保存热量。

我们背对着房子，光线很暗，我必须集中视线才能看清；我猜我的瞳孔放大了。我勉强看得清那个说话的男人，鲁丝一直在（而我却没有）听他说。当我听到他在一句话中就用了“第三方托管”和“波动”两个词时，我才意识到他一定就是斯坦尼斯瓦夫·里希特。

他似乎没有察觉，比起听他讲什么加密货币投资的事，鲁丝对他本人更感兴趣。每当鲁丝被他的故事逗笑时，他就会接着讲另一个更长的故事，其中包含更多关于他的虚拟日间交易的细节。当斯坦尼斯瓦夫拿出他的智能手机，展示一款应用软件，想把与他的数字货币投资组合有关的实时市场指数图表和表格显示给我们看时，他将手机左右侧翻了几次，将手机调整为横屏。我觉得，为了我们大家好，有必要打断他，换个话题。

“鲁丝，你是做什么工作的？”我问。我知道她会如何向人们解释她的工作，便提前嘲笑她。

“*我促进创意人才与跨国企业之间的合作伙伴关系，帮助艺术家提升影响力，让更广泛的受众了解品牌。*”她闭上眼睛，把脑海中的职位描述背了出来。

“那你呢？”斯坦尼斯瓦夫看着我说。

我刚刚听到他在列举他的多种被动收入来源，我该如何向这人解释，我在一家快倒闭的营销公司拿着最低工资写文案，现在身无分文、靠几乎又要透支的账户透支额度过日子？我说：“我基本上什么都不做。”

斯坦尼斯瓦夫笑了。

“真的，我说的是真的。”我说。

通常，当我喝得这么醉的时候，我只会做一些我不得不做的最低限度的动作，以免犯任何可以避免的错误，这样不会引起别人对我的过度注意。现在，为了显得轻松，我决定把脚放在斯坦尼斯瓦夫和鲁丝中间的一把户外柳条椅上。就在我摆出这个不必要的姿势、准备继续说话的当口，我感到椅子从我脚下嘎吱嘎吱地滑了出去，我的身体以自由落体的方式朝前倒下。

斯坦尼斯瓦夫马上扶住了我，但我又花了几秒钟才恢复平衡。我不停地向他道歉并解释我的错误：“我错误地估计了重量以及支撑力之类的东西。”

“没关系。”斯坦尼斯瓦夫紧紧地抓住我的胳膊。

“你没事吧？”鲁丝问了好几遍，每次的措辞和语气都有所调整。

我没事，我很好，我真的没事，“只是椅子的重量比我想象的要轻”。

突然间，我觉得必须向他们证明，我根本没有喝醉，一切都很好，今晚对我来说仍然是美好的，对我们大家来说都是如此。

在背景音乐中，我听到客厅里传来爱丽丝·迪杰（Alice

Deejay）的《一个人更好》这首歌极其大声的低音贝斯。这首歌我历来既不喜欢也不讨厌，但现在它似乎拥有难以言喻的深情，简直让我想流泪。

我看了看仰面朝天的户外椅，又看了看斯坦尼斯瓦夫和鲁丝。“你们想跳舞吗？”我说。

我和鲁丝在舞池的一个角落里跳起舞来，斯坦尼斯瓦夫婉拒了我的邀请。

鲁丝跳起舞来就像益生菌酸奶广告中的女人，在短暂但令人兴奋的时光里，我竟然能够凭空装出自信，和她一起跳舞。

她很喜欢这首歌，我想她是这么说的，但她的话不是冲着我说的，而是冲着房间最远的角落说的。而我很开心，开心得都忘了自己。她笑得如此灿烂，好像下一秒就要尖叫起来一般。

在三首歌曲的八段副歌之后，我逐渐意识到我的身体已经开始被动而不是自动移动了，仿佛我在舞蹈过程中托付给肢体以驱动肢体的推动力已经中途放弃了。

慌乱之下，我伸出手臂，又缩回手臂，做出了一系列像小鸟扇动翅膀一样没有节奏的动作。接着我尽量通过有条不紊的重复，将这些动作风格化、对称化，最终形成了一种人们可能称为查尔斯顿舞或者牙线舞的舞步。

我看了一眼鲁丝，放心了。她将我俩的对舞扩展出去，跟周围好几个人（包括泰迪和利奥尔等人）组成了一个集体舞。她忙于跳舞，根本没注意到我已经忘记了如何跟着音乐移动。

下一段副歌开始后，我完全失去了身体的动力。我踌跚着走到舞池边，站在那里面带微笑看着这舞蹈场面。我看了好久，慢慢觉得自己像个可怜虫，然后觉得自己可能**就是**个可怜虫，有那么多问题和麻烦，心里有那么多小算盘，还老是顾影自怜。我走进厨房。如果自己不仅不是可怜虫，而且还爱自己的身体，进而爱身体所接触到的这个世界，不知道那会是一种怎样的感觉。

我倚在一个平面上，拿起一支扔在那儿的细长香槟酒杯，里面还有半杯依旧冒着气泡的白葡萄酒，我看着一串串气泡向酒杯表面翻腾，一仰头把它喝掉了，然后拿起手边的美格威士忌，重新倒满酒杯，如此重复。

我注视着水槽上方的时钟，它显示的时间似乎既早于又晚于可能的时间。我合上眼，片刻后，当我重新睁开眼睛再抬头看钟时，时间过去了五分钟。

• • •

鲁丝·里斯–安德森，在室外女士专用泳池游泳。

接下来是：鲁丝从玻璃罐中舀出奇亚布丁吃的黑白照片；鲁丝和两个朋友穿着运动休闲装在城市公园跑步之前和之后的照片；泰迪在咖啡馆迷人的灯光下拿着抹茶绿拿铁摆拍的照片；一本畅销的大众人类学著作的静物照片。

我的智能手机一次可以显示十二张照片，手机里还有一千多张照片记录了鲁丝生活中的类似瞬间，我用拇指加速滚动浏览这些照片。

我又回到了泰迪父母卧室套间的浴室里，再一次，我不记得我打开过房间的顶灯。

我找到了一张鲁丝、泰迪、朱莉娅和我的合影，照片拍摄于几年前跟今晚一样的聚会上。我关闭照片，浏览泰迪刚刚更新的Instagram。我惊愕地听到自己的声音自我身体外发出，那是他刚才拍摄的我使用陌生技术打开酒瓶的画面。“你在录像吗？”酒瓶打开了，视频模糊了，泰迪在掌声中宣布：“他喝什么我就喝什么！”

我又喝了大约一指高的美格威士忌。当我喝上头之后，再多的劝阻也无法让我停下来。我会一直喝，一直喝，直到喝晕过去为止。

我知道，我需要尽快行动起来，改变我的习惯，不要一而再、再而三地犯同样的错误。

多年来，我一直向自己保证，我会振作起来，开始写作。虽然没有什么证据，但我感觉自己总有一天会写出好东西。读大学时，我在一门创意写作课上完成了几个短篇小说，还给朱莉娅看了。我记得她说她非常喜欢这些作品。事实上，这门创意写作课的成绩是我整个大学期间各门功课中得分最高的。

我的问题是，我无法强迫自己去做我想做的事情，无法让自己开始写作，就像我无法戒酒一样。我性格中的某种自我破坏机制让我每次对生活做出积极改变的努力都偏离了正轨。

为了开始做出这些改变，我猜，我必须先经历某种前期改变，成为那种能够轻松做出这种改变的人。但是，我怎么才能做出最初的、前期的改变呢？更不用说在进行前期改变的过程中，我首先要做许多渐进的微小改变。

想着所有这些改变，我爬进泰迪父母的空浴缸，在里面断断续续抿着美格威士忌，一动不动地待了好久。房间里的感应灯终于熄灭了，我周围陷入一片黑暗。

我被头皮下一阵熟悉的、杏仁大小的疼痛惊醒。我醉得一塌糊涂，满脑子想到的只有自己醉得有多厉害。

派对接下来的时间里，我经历了一连串不连贯场景，幻灯片似的不断变换，没有过渡。

我先敲了敲泰迪卧室的门，探头一看，只见身穿衬衫的他，从背后环抱着没穿上衣的利奥尔——他们俩叠在一起，就像教室里叠放在一起的课桌椅一样整齐。我考虑着要不要叫醒他们，问问鲁丝是否还在，可我没有这么做。

楼下过道里的客人们都走了，但他们散发出的集体温暖仍挥之不去。过道似乎宽敞多了，终于能透一口气了。

我闯进客厅，心里快速分析了一下，然后迅速倒退着出了客厅。客厅的舞池里除了海洛伊丝和一个我不认识的人之外已经空无一人了。我径直走向厨房，斯坦尼斯瓦夫和鲁丝坐在沙发上，在讨论分散市场的问题。他们的腿靠得很近，但是并没有碰到一起。

“酋长，”斯坦尼斯瓦夫注意到我后说，他要么非常友好，要么就是纡尊降贵的友好，“一切都好吗？”

“从没这么好过。”我说，当视线偏离中心目标后，我又重新对准了他。

鲁丝起身给我倒了一杯自来水，我装作不需要，但还是喝了。“你会留在这里过夜吗？”

“会。”我说。我的头天旋地转，视线也因此而模糊不清，接着我用一种起初我都听不出是我的声音说：“不，我想回家。”

尽管我对优步公司存在的道德伦理问题，以及它深夜高涨的价格十分担忧，我还是让斯坦尼斯瓦夫给我叫了一辆优步送我回家。

车到后，他把我安置在后座上，我坐进去时他还用手护住我的头，好像在温柔地逮捕我一样。告别时，我要多冷漠就有多冷漠地向他道谢，倒好像我给了他一个大面子。

后来，优步司机马克西姆问我晚上都做了些什么。优步评分立刻闪过我的脑海，我口齿不清地说我去了一个派对，却仔细清晰地说我在那里和一个漂亮的女孩跳舞了。

“不错啊。”马克西姆说。

“是啊，是不错。”我迟迟才明白过来，这关系到的是斯坦尼斯瓦夫的优步评分，而不是我的。我下定决心，绝不做任何有损于他在共乘公司现有等级的事情。

最终，所有市政道路都融入了双车道大路之中。那种童年时夜间坐在平稳行驶的汽车后座上如海洋般无边无际的困意向我袭来。

不知什么时候，TomTom 道路导航的女声对马克西姆说：“前面四百米处左转。”

马克西姆指着导航设备说：“我讨厌这个婊子。”

我嘱咐马克西姆再开五分钟就让我下车。他问我确定吗，我说确定。当我看着他车上红色金色的灯光渐渐消失在黑暗中时，才发现我根本不知道自己此时身在何处。

我拿出智能手机，打开与泰迪的聊天记录，我们已经通过多种方式进行了将近十年的交流。“你操了利奥尔吗？”我在空白处写道，笑了，接着把“操”换成了“骨头”和“撞击”，然后删除了整条信息。“早上发短信，吻你。”我重新写过并发送出去。“告诉斯坦，谢谢他送我一程。”我写给鲁丝，又删掉了。

我大声唱着《一个人更好》这首歌里的这句同标题歌词，意识到这是我唯一知道的一句歌词，然后又发现这几乎也是这首歌里唯一的一句歌词，于是我又唱了好几遍。最后，我使用地图应用找到了自己的位置，并收到了回家的路线。

在回公寓之前，我买了一个全家福大小的意大利辣香肠比萨，不但吃完了，还烫伤了口腔上颚，然后又一口一口地呕吐到路边公交车站的外层有机玻璃板上。我回到家，发现卧室的灯还亮着，门也大开。我吓了一跳，然后才想起来是我自己没关好门。

我酩酊大醉，嘴里是残留的胆汁的苦味。我流着眼泪，看着卧室窗外分外美丽的朝阳染红了天边的城市。细雨垂直落下，将我生活内外的一切东西联在一起：泰迪、鲁丝、斯坦尼斯瓦夫、马克西姆、身处某处的朱莉娅、我留在公交车站上的杏色呕吐物、我上班要走过的每一条人行道。

然后，因为怀旧的缘故，我拿出智能手机，翻看起朱莉娅的Facebook。

到目前为止，朱莉娅是我同龄人中网上活跃度最差的一个，可我认为她对我的生活至关重要。虽然没有任何外在迹象表明这几年她登录过她的Facebook账户，但我还是觉得她有可能登录过。她当前头像的上传日期甚至比我们第一次见面的时间还要早一个学期。我俩第一次见面是在学生活动中心的酒吧里，在一个九十年代主题派对上，那时我们大一刚刚结束。我和泰迪一起参加了那晚的派对。泰迪是我在宿舍里认识的，他很善于交友，我和他关系很好。与此同时，朱莉娅和她已经喝得烂醉的地理系同学一起来到了酒吧，他们正在庆祝考试结束。

到了深夜，我独自坐在雅座里听着塞琳娜的歌，喝着泰迪为我们点的蓝色饮料。他那时已和一个曲棍球校队队员回家了。

一个我不认识的女孩走过来，在我身边坐下——这几乎是我每次外出时都有的幻想。这回梦想成真了。

“嗨。”她坦然地看着我，没有移开视线，俯身用嘴唇舔着我的酒杯边缘，寻找吸管。吸了几口后，她龇牙咧嘴地问我这是什么鸡尾酒。

“电柠檬水。”我说。

“太神奇了。”她说着又喝了一大口。

“你是和那些人一起的吗？”我说，冲着那群松散但仍很明显是一起的学生点了点头，我看到她是从那群人里出来的。

“这要看你说的‘一起’是什么意思了。不过，对，我是的，”她说，又补充道，“**地理学家们**。”语调虽带揶揄，但仍不失亲热。

她搂着我，又问我叫什么名字。“尼克。”我说，并向她伸出一只手。她看着我的手。“握个手。”我说，然后我们尴尬地握了握手。

我们盯着对方看了一会儿，最后接吻了。“我叫鲁丝。”吻完后她说。

我先是用眼角的余光，然后睁大两只眼睛，看着一个新来的女孩正跳着舞朝我们这边而来，她也是地理系学生那一伙的。我知道鲁丝在看着我看她，但她似乎并不介意，再说我真的是身不由己。

当那个女孩越跳越近时，我们都改变了姿势；鲁丝坐着跳舞回应她，而我则在座位上挺直了腰板。

“那是谁？”我说。

“谁，她吗？”鲁丝提高了声音，让新来的女孩也能听到，开始介绍我们：“那是朱莉娅。”

转移注意忘掉悲伤并不等于幸福

算法考虑了两位用户的共同兴趣爱好、交友情况以及左右滑动比例，将他们的吸引力分为不同等级，然后向双方提供对方的个人资料卡，以供选择。

英国夏令时十九点十五分，即算法确定的这位女性用户的应用程序使用高峰期，她正坐在一辆单层城市公交车前部的一个关爱座位[①]上，通过智能手机基于算法的交友应用程序界面，第一次看到了这位男性用户的个人资料卡。

在这个基于算法的交友应用程序中，与其他非高级用户的定制会员卡一样，该资料卡包括：带有姓名和年龄的标题、由六张可滚动的 500 × 500 像素的正方形相片组成的图库，图库下方是地理位置标记和最多五行的无衬线字体介绍文本。看到他的个人资料卡后，该女性用户几乎立即意识到此男性用户正是她（和算法）认定

① 关爱座位（the give-up seats），通常位于车厢前部，靠近门口，为需要特别关照的乘客留出的座位。

的“她喜欢的类型”。

算法注意到女性用户滚动浏览的速度很快，而且她在翻看完后又迅速浏览了第二遍男性用户的照片，接下来她又迅速向右滑动翻看他的个人资料卡；对于一个就挑剔程度而言被算法归入前百分之二十范围之列的用户来说，她的这次决策时间创下了纪录。

在向该女性用户展示过这位男性用户额头被盖上斜体的“喜欢”字样后，算法将他的个人资料卡从交友应用程序的主页上撤下，并生成一个全屏动态广告，旨在通过推广与女性用户已知需求和消费行为相关的产品来吸引她。具体到这位女性用户，推广的产品是一种用于收紧下颚松弛皮肤的化妆品。

在时长为十八秒的广告播放中途，该女性用户点击并锁上了她的智能手机，注视着离她最近的公交车窗外。至于她在观察这个路过的世界并思考自己在其中的位置时，是否不经意地用手指指背抚摸过柔软的下巴，算法无法判断。

深夜，这位男性用户躺在床上，狂刷他人的资料卡。此时是他使用应用程序的高峰期，比那位女性用户晚了将近六个小时。大约刷了三十张资料卡后，他遇到了她的个人资料卡。算法策略性地安排了这种邂逅，将用户在统计上最有可能匹配到的人放进他们在统计上最不可能匹配到的人群里，以延长用户在应用程序中连续、习惯性的使用时间。

当该男性用户查看女性用户的个人资料时，算法也在观察他。从基于算法的交友应用程序的中央图片数据库中，他循环浏览着检索到的云存储图片，不出所料，他在她的唯一一张比基尼照片上停留的时间最长。其实，这个图像数据库的物理服务器距离男性和女性用户共同居住的城市有四千多英里的距离，在大西洋彼岸。该男性用户将注意力长时间集中在这位女性用户的图像上，开始觉得她挺有吸引力。

这位男性用户深知自己的行为很可能徒劳无功，但睡前又无事可做，于是他在社交媒体和专业网站上粗略地搜索了一下该女性用户的名字，接着从她的个人资料中复制了一些与她的职业和母校有关的关键词，这是关于她身份的唯一可用线索，但没有任何相关结果。然后，他回到基于算法的交友应用程序主界面，并向右滑动至该女性用户的个人资料。

这一滑动导致这位男性用户的智能手机中央出现了“配对成功！”的手写体字样，与此同时，两个圆圈，每个圆圈里各有一张两位用户的主要个人资料图片，滚动到屏幕中央，停在横幅文字的下方。这种图文组合总是毫无例外地令这位男性用户不由自主地在脑海中响起动画片《兔八哥》中“就这样吧！”的片尾主题曲。

在获得新的匹配后，这位男性用户的内心涌起一种中大奖式的满足感，他在自己的加大单人床上稍稍坐直了一些。不费吹灰之力就达到预期结果让这位男性用户心满意足，他希望利用这种满足感作为一种情感护盾，进入通常对他来说过于痛苦而不敢涉足的情感领域。他在最近使用过的几个应用程序中转了一圈，并通过智能手机的网页浏览器重新访问了一个社交媒体网站，他刚刚在这个网站上试图查找确认这位女性用户的身份。

这位男性用户在社交网站的顶级搜索栏中输入了他最近的长期性伴侣的全名，并在那里找到了她，然后查看了她的个人动态。他浏览了几张新上传的照片，照片上的她看起来胖了不少。他一一查看了她最近与之互动的某些用户的资料，粗略浏览了她分享的一个儿童专科医疗费用筹款页面。

这位男性用户在脑海中仍然想着他最近的长期性伴侣，去了他常去的色情网站，并在静音下观看色情视频的同时自慰了六分钟。他自慰的对象既不是色情片本身，也不是他最近的长期性伴侣，而是想象中两种不同刺激形成的一种虚幻全息混合体：将他最近的长期性伴侣的脸安放在色情片女演员的身体上，然后色情片女演员的脸安放在他最近的长期性伴侣的身体上。这样做让他感觉轻松而自然。

事后，他思忖着，对墙壁、上帝、算法来说，或对任何去世的家人来说，他是多么可悲，如果他们跟他想象中的一样，在来世水晶球般明亮的白色大厅里注视着他的话。

虽然算法清楚地知道男性用户是如何消磨时间的，但它无法对他进行评判。该男性用户可以放心地提醒自己，这款软件与他个人没有任何利害关系；基本上它们只是为了向他提供广告而存在。

第二天早上，智能手机的闹钟像小鸟一样在枕头下鸣叫，不到一分钟，这位女性用户就打开了基于算法的交友软件，看到了匹配成功的祝贺通知，与该男性用户七小时前收到的祝贺通知一样。

在观看完“配对成功！”的动画后，该女性用户再次以与平时浏览速度完全不同的速度返回到该男性用户的个人资料卡，现在他的个人资料卡已放进了她的新配对聊天列表中，她再次浏览了他上传到应用程序中的六张照片。她感觉很好，她的生活轨迹，尽管有些勉强，正在与一个完全陌生的人的生活轨迹相重叠。

当天晚些时候，这位男性用户的午餐时间，其实他只休息半个小时，因为他想在公司里更受重视。他用拇指指纹解锁了智能手机，并打开了基于算法的交友应用程序，几乎丝毫都没有与这位女性用户开始互动的想法。

由于大部分注意力都被其他事情占用了，这位男性用户漫不经心地在匹配对象的聊天列表中，从以前与另一位女性用户的对话里，复制了问候语，并将其粘贴到了这位女性用户的名字和主照片正下方的空白文本框中。到目前为止，在这款程序中，他与所有配对成功的对象聊天时使用的都是同一开场白。

在收到这位男性用户的信息后，为了让自己显得足够忙碌，而非极度孤单，该女性用户等了必要的几个小时，然后才拼凑出一条看起来既俏皮又含糊的回复发给男性用户。

在共享办公空间的休息区，她一边用智能手机的触摸屏键盘输入，一边将消息念给自己听，脸上没有丝毫的情绪波动，仿佛在日光浴一般。

这位女性用户喜欢这款基于算法的交友应用程序所带来的清爽、无性体验。这个应用程序对邂逅和浪漫的简化模拟让她感觉自由、可控，并能与他人保持一定距离。她喜欢它的低风险、容易筛选剔除讨厌的人，也容易与那些后来才发现的讨厌的人解除匹配。她还喜欢它的屏蔽功能、单向玻璃机制，这意味着她永远不必当面拒绝任何人，也不必遭受被直接拒绝的耻辱。

自然，当她冒险走出虚拟世界的保护范围时，这位女性用户很容易想见在与某个匹配对象见面时自己可能会遭受暴力，死于对方之手。该女性用户通过这款应用程序已约会过八位配对成功的男性用户，即使在同意与他们见面之前有保护措施，可以让她暗中窥探他们并与之进行无限制通信，但她与他们的第一次约会仍会让她提前几天就想到自己有可能被对方残忍殴打、强奸或被泼硫酸（这是她目前最主要的担忧）。

在接下来的一周里，两位用户共交换了三十五条信息，内容涉及早期生活、职业生涯和个人生活这三个维基百科小标题。两位用户发现彼此都是外向性格，很合得来，于是交换了电话号码，并约好在一个酒吧见面。酒吧位于该市一个最近刚改造过的地段，距离他们彼此的工作地点只有四分之一英里的路程。

两位用户过去都曾光顾过这家酒吧，但该女性用户出于自己也不太清楚的原因，在与男性用户安排见面的短信交流中，以及在见面的整个过程中，都告诉对方，她以前从未光顾过这家酒吧。

每当这位女性用户做出类似这样的事情时，她总是对自己感到失望，而这种情况经常发生。撒谎直接违背了她心目中一个人在社会上为人处事应有的道德规范。事实上，在评判他人时，该女性用户将诚实视为最重要的美德。

她无法准确说出自己从什么时候开始变成一个谎话大王的。她的谎言从来都是脱口而出，没有经过慎重考虑，就像她说的任何话一样。也许这就是为什么她通常更喜欢通过文字而不是语音进行交流的原因。这是对当面交流中相对自由和混乱风险的一种精明的解决方案，也是她修正自己为人的一种手段。

期待享受的心情在质地上与恐惧相似。整整一周，他们的约会如同一个截止日期般笼罩着这位女性用户。

前往约会地点的路上，这位女性用户担心自己在今晚的约会中找不到有趣的话题。她在心里反复强调自己的约会总体策略，那就是向男性用户展示一个极其无忧无虑、漂亮轻盈的真实自我，一个仪态优雅、聪慧机灵的人形套装，以后，她可以往这个人形套装里逐渐添加一些她真正的个性元素。

她在酒吧外找到了那位男性用户。他坐在黄色砂盐箱上，穿着很普通的男装，正全神贯注地看着智能手机上的东西。

“嗨？”女性用户说着把耳机的Y型连线绕在智能手机上，耳机从她的耳朵里掉了出来。

男性用户从手机上抬起头，仔细打量着女性用户的脸庞。她的头发比她任何一张照片上的都要浅、都要短，两缕淡黄色的头发垂在两侧。她和男性用户以前见过的某个人很像，但又说不上来到底像谁，也许像现实生活中的某人，也许像电影中的人物，也许像色情电影中的某人，也许只是像她个人资料中的照片。

男性用户站起来说：“你好。”他的身高奇迹般地比女性用户预想的要高出三英寸左右。

“你好。抱歉我迟到了。”女性用户说。她的声音比男性用户想象的要低，似乎在掩饰想打哈欠的欲望。“我赶上了公交车，但车上有人出了点事，我们的车被耽搁了。我们要不要——”女性用户做了个**进去**的手势，让她的手看起来非常寂寥。

两位用户走进酒吧。女性用户十分小心，进入一个完全陌生的环境时，自己的脸部表情既不能过于夸张，也不能完全没有反应。酒吧音响里播放着一首流行歌曲，这首歌在一款面向千禧一代市场的汽车广告宣传中占据了重要位置。很明显，男性用户对此感到尴尬，这让女性用户有些不悦。

“这里挺热闹的，”女性用户提高嗓门说，声音盖过了音乐声，“这儿总是这么热闹吗？”

“肯定是越来越受欢迎了，”男性用户皱着眉头说，“不过我们可以到外面去，外面有一个啤酒花园。”

“好啊，你去看看有没有空位，我——呃，等你。”

“行，”男性用户说，“要不这样，你去外面给我们找个地方，我去给我们俩拿点儿喝的。就在那边，过了那两扇门就到了。你想喝点什么？”

“确定？”

“当然。”

“好吧，那暂时你喝什么我就喝什么。”

“行，”男性用户说，“我喝加生鸡蛋的健力士。”

“我也常这样喝。”女性用户用她练习过多次的脚后跟一转，向酒吧的户外区域走去。

外面很暖和，刚刚结束的夏天留下两周余热，像一份临别赠礼。女性用户在一张长桌无人的那一端坐下，长桌的另一端坐着一群身体尺寸近乎完美、外表光鲜亮丽的姑娘，她们的存在让女性用户相形之下觉得自己身材普通且相貌平平。

一段记忆浮现在这位女性用户的脑海中：曾经有一位在基于算法的交友应用程序里匹配成功的男子告诉她，她看起来“很朴素”。后来他解释说，他本意是想恭维她。

女性用户因此为自己的体重而难过起来，她重新调整了自己的坐姿，希望显得迷人和放松。这时，男性用户从酒吧出来，两手各端着一杯啤酒。他端着两杯饮料，摇晃不稳地向她走来，看起来颇为拘谨可怜，她假装没有看见他，直到他把两杯酒放在桌子上。

“这看起来跟我平时喝的不一样。”

“我跟他们说了加鸡蛋，可是鸡蛋都卖光了。”

“我再也不来这里了。谢谢。”

两位用户抿了一口啤酒，这时一种舒适而可以预料的沉默弥漫开来。啤酒温热，呈棕褐色，还带有一股药味。然而，沉默持续得太久，气氛就变得有些尴尬了。

“那么，你今天过得怎么样？”

“非常好。”女性用户说。“**开心**。”她补充道，听她那语气，这两个字可以用斜体以示强调。

“那就好，”男性用户说，“我认识的大多数人都讨厌自己的工作。”

“你讨厌你的工作吗？”

“如果能够避免的话，我尽量不去讨厌什么东西。”

“那很**勇敢**啊。”女网友说，用的又是她那种腔调。

男性用户说：“我没觉得这有多勇敢。”

一阵大笑从桌子的另一端响起。那些迷人的姑娘正围着一部智能手机笑得前仰后合。女性用户认为，她也应该多笑一点，让男性用户放松下来。

两位用户喝着饮料。

“你抽烟吗？”

“呃，我是说，偶尔抽。”

她重复道：“**偶尔抽**。”

男性用户客气地笑笑。女性用户对他的印象让他感到很受伤。他发现很难准确判断她对他的整体感觉，也不确定她是否和他有过同样的体验。“我的意思是，我在学校里一直抽烟，毕业后又抽了几年，再后来抽烟让我感到焦虑。比如，我睡觉的时候，会想着肺里的烟泥、烟渣和焦油，于是我就会忍不住去想香烟盒上那些尸体和长着兔唇的婴儿的照片。所以我不得不停止。抽烟。我的意思是，我有时还是会抽。如果我和别人一起，他们在抽烟的话，我可能也会抽上一支。”

在他说话的同时，这名女性用户隔着裤子摸了摸裤子口袋里的智能手机，手机就像护身符，令她安心。“你的意思是，你只是在等待别人的诱导，你并没有真正戒掉。”

“没错。”

女性用户拿出一小袋烟草说：“好吧，听起来你做了一个非常健康的选择。”男性用户笑着说：“是啊，我做了很多这种选择。”

在第二家看似不是连锁酒吧但实际上是连锁酒吧的酒吧里，两位用户继续喝酒，并互相向对方展示他们希望有朝一日能成为的自己。女性用户对男性用户关于整晚坚持只喝同一品牌的啤酒可防止宿醉的理论大笑不止，男性用户则对女性用户从朋友们那里剽窃来的趣闻轶事哈哈大笑。

女性用户在担心冷场的时候会不自觉地说很多神经兮兮的话，好几次有说过了头的感觉。有一次，她大声引用了她当天早些时候在一个图片分享社交网站上读到的一篇鸡汤文章，是关于幸福与分散注意力之间的关系的。她说完后，男性用户扬起眉毛点点头，这让女性用户觉得很舒服，觉得自己被人理解了。

当他们到达第三家酒吧时，男性用户已经醉得好几次完全忘了他们在说什么；女性用户不得不闭上一只眼睛，以防重影。

该女性用户喜欢这位男性用户，她已经决定了，就等着男性用户采取主动。他们在氤氲的夜色中走得很近，有好几次，他的手或腿擦碰到她的手或腿。

就在女性用户完全肯定男性用户不会对她有任何身体上的进一步举动时，他却吻了她。他的嘴唇尝起来有某知名品牌润唇膏的味道。

在女性用户登上回家的公交车后，男性用户坐出租车回家。躺在床上，他考虑要不要给女性用户发一条短信，比如："你安全到家了吗？"最后他决定不发。

在他们的第二次约会中，两位用户有长达六分钟的眼神交流；喝了五轮酒；遇到的环境创意广告、原生广告和直白广告加起来超过三百个，他们接近过十四位慢性疼痛患者、十一座基督雕像。

有一次，男性用户问女性用户是否相信死后有来生。谈到这个问题时，他显得很害怕，女性用户一度怀疑他是不是得了绝症。她想象着男性用户在接受化疗时，她坐在他的床边，然后想象着在他的葬礼上发言，从打开的灵柩中可以看到他的光头，像个发光的月亮。

她很难说清楚自己为什么会如此喜欢这位男性用户。他长得很帅，但还有一些其他的东西；简单而稳定，让她觉得很有吸引力。好像他做的每件事都是连在一起的。他走路的姿态、他说话的方式、他的举止——都连为一体。

“不，我不相信有来世。”女性用户说。有些人就是有家的味道。

“我改主意了。我想也许我真的相信死后有来生。”

“真的吗，这改变也太大了，你怎么会改主意的？”

“我们主要得想想死亡。”几分钟后，她又补充道：“善终。”

“哈哈。我希望有来生。我几乎无时无刻不在思考死亡。”

“听起来很深奥。”

“我很深奥。”后来，她在看节目时，他又问道：“你周末有安排吗？”

“再问一次，你多大了？”她追问道。

“我想你在我的个人资料上已看到了。”

“二十六？”

“二十七岁。”

“一个老男人了。”

“我知道。我也觉得自己老。我觉得我到了人生应该开始稳定下来的年纪了，就如凝固成永久状态那样。”

“我想人在每个年纪都会有这种感觉吧。但是，两个月后我才二十五岁，所以我还不懂什么。”

“这可是件大事。”

“什么？”

“什么。”

“什么大事？”

“满二十六岁啊。对我来说可是件大事。我满二十六岁的时候真的吓坏了。一个转折年份。一切从那时开始变得严肃起来。”

“我想我会把担心留到二十七岁的生日时。”

“为什么？因为到了那个年龄，你的人生就应该开始稳定下来，凝固成永久状态？还是因为那件事？那个俱乐部[①]。”

“那个俱乐部。我不认为人生有形状。”

“科特·柯本。吉米·亨德里克斯。”

“艾米·怀恩豪斯。”

---

① 指27岁俱乐部（27 Club），由一群英年早逝的传奇摇滚、爵士歌手构成的一个虚构团体，其成员的共同特征是音乐才华突出且死于27岁。后文男女主人公列举的那些人物多为27岁俱乐部的著名成员。

“新《星际迷航》男主角。”

“詹妮丝·乔普林。”女性用户在被子里微微动了动双腿。“顺便说一句，你说的都是男人。”

“布莱恩·威尔逊。”

“布莱恩·威尔逊还活着，我看过他在‘海滩男孩’乐队的演出。还有，他又是一个男的。”

“我知道，我说的是另一个布莱恩。某某布莱恩。这是英年早逝的最后一岁。我觉得我举的例子都是男性，主要是因为文化天生就有这样的偏见，并非我有性别歧视。”

女性用户点了点头，然后意识到男性用户看不见她，便口头表示：“好吧。”在漆黑的房间里，她想不起男性用户的真实相貌了，只记得他个人资料照片上的模样。“你错了，但没关系。”

“我怎么错了？”男性用户翻了个身，让两人的声音面对面。

“因为，这种事情不是这样的。”

“那好吧。如果你**真的**想要我说，我肯定能说出一个二十七岁就死了的女人。”

“不，这不是重点。”女性用户说着把一只胳膊重重地搁在男性用户的肩膀上。他可以听到她声音里的微笑。

晚上，女性用户录制自己的视频。她的做法是将笔记本电脑放在床上的一堆枕头上，将屏幕倾斜到摄像头能完全看到她的角度。然后她会启动笔记本电脑的拍照软件，开始录制视频，并在离设备几步远的距离，假装跟人对话、做出倾听或发笑的动作——任何她可能很快会在公共场合用到的自然动作。她在笔记本电脑的镜头前练习精心编排的小动作。知道自己被注视着，她举手投足显得格外谨慎。

接下来，这位女性用户会躺在床上，花上十几分钟或整整半小时观看刚才录制的视频。她会一直看，一直看，直到她觉得自己从屏幕上的身体中脱离出来，直到那个身体像个虚拟物品一般。

在反复观看视频的过程中，这位女性用户仔细观察着让她难为情的每个外观特征，包括轻微鼓胀的腹部或略带倾斜的姿势，记录下一切需要改进之处。她正在努力改变自己，逐步改进升级。说穿了，就是想让自己看起来与众不同。

“https://en.wikipedia.org/wiki/27_Club”

一小时后，这位女性用户收到男性用户的回复：“被研究推翻[①]！这是英语中最动听的五个字。”

二十分钟后，女性用户回复道：“哈哈哈哈哈。可是我们怎么

---

① “27岁俱乐部”的维基百科词条写道，音乐家会在27岁出现死亡统计峰值的说法已“被研究推翻”。

会把吉姆·莫里森给忘了？”

有时他们在他的公司外见面，就在那附近喝点东西；有时他们去看电影、听音乐会或参观展览；大多数时候，他们在男性用户的笔记本电脑上观看节目。

男性用户最享受的时光是他们在一起的时候有一个共同关注的对象作为媒介，他们可以暂时抛开日常思维模式，两人相处时更随意灵活，不会无聊，行为或感受上也没有压力。

当他们以最真实的面目相处了一段时间后，男性用户觉得不太自在。清晨，他感到自己被困在女性用户离开他公寓所需的几分钟内。

男性用户躺在床上眼望天花板，女性用户头枕在他胸膛上。

他清了清嗓子，用微弱的声音说："我十五岁的时候——"

女性用户睁开眼睛，等他继续说下去。她刚才没留意自己都睡着了。一分钟在沉默中过去了，她又闭上了眼睛。当她再次睁开眼睛时，感觉那一分钟刚过，柔和的曙光透过窗帘照亮了卧室。

"嘿！最近怎么样？这周你想一起吃个晚饭吗？如果天气好的话，我们打算创下今年的最晚烧烤纪录。"

这位女性用户重读这条信息，删除了“如果天气好的话，我们打算创下今年的最晚烧烤纪录”这句话。然后她又删除了“最近怎么样？”，接着又删除了“这周你想一起吃个晚饭吗？”。

将“！”改为“？”后，女性用户将信息发送给了男性用户。在此之前，她从不需要以如此单向和不自然的方式联系他；自从见面以后，两人之间的消息互动一直都是持续交流彼此每时每刻的所见所闻。

为了不让自己整个晚上都在苦苦等待男性用户的回复，女性用户独自去看了一部电影。这部电影的中心思想是：如果一位十分普通的女性脑子有毛病，错误地以为自己魅力四射，她会怎样？在电影的爱情副线中，这位平凡普通的女人凭借她新获得的自信赢得了一位同样普通的男人的心。

电影结束之前，女性用户忐忑不安地想着男性用户，她觉得最近他似乎对她有些疏远，行为古怪。以前，他总会在三四十分钟内回复她的信息，而现在，他要花两三个小时才回复她的信息。与以前只用四分之一的时间写的信息相比，他现在的回复既不够体贴，也不够有趣。要么男性用户对回复她的兴趣降低了，要么就是他越来越喜欢让她等待。

这两位用户还没有为即将到来的星期五晚上或随后的周末制定任何计划，而这正是他们最常在一起休闲的时候。女性用户担心，如果没有稳定的、周期性的例行活动来支撑，他们可能会完全脱离彼此的生活。

尽管女性用户一直小心翼翼，不让男性用户成为她生活乐趣的唯一来源，但不可否认的是，与他的相遇重新激发了她对自己的兴趣。她现在意识到，自己的积极情绪和自尊感取决于他给予她的关注程度。

这位女性用户离开多厅影院时，心情比进去时还要糟糕。她再一次查看智能手机，男性用户还没有回复她的信息。坐在回家的公交车上，她想知道他是否还在使用这款基于算法的交友软件。

这位男性用户开始怀疑基于算法的交友软件是否削弱了他的同情心。在某种程度上，他认为，仅仅基于女性的外貌特征将她们划分为“可约会”和“不可约会”两个类别，是一种倒退的非女权主义行为，而使用基于算法的交友软件鼓励了（如果不是直接奖励的话）他，让他能够理解男性凝视中许多糟糕的地方。这种凝视的反向凝视也在他身上体现出来。在同一个舞台上，他既是一个脆弱的参赛者，同时也是评委。这些都在一定程度上减轻了凝视的分量——但究竟减轻了多少呢？

自从沉迷于这个交友软件以来，该男性用户开始把女性看成奇怪的克隆人，每个与他配对成功的女性仿佛都是前一位的延续。由于个人喜好的原因，与他配对的大多数女性都大体相似，这种错觉使得他的观念更为扭曲。仿佛是为了衡量她们的相似度，男性用户上周接连两天分别带两名女性用户去了同一家酒吧，并且在那里与她们几乎发生了完全相同的互动。

这位男性用户认为，基于算法的交友软件存在很多缺陷。轻松而频繁地体验初期的浪漫会降低其价值。从一开始，用户选择加入这个基于算法的交友软件，就表明他们的爱情生活肯定是失败的，表明他们有个人缺陷，他们有不可爱之处。由于其操作的可复制性，交友软件构建的关系呈现出模块化结构，这种设计促进了可互换性。基于算法的交友软件所建立的关系在现实中没有坚实的基础，没有周围环境的支撑，因此，这种关系就像一连串的梦，以渐变的叙事连贯性展开的梦。

再加上男性用户越来越担心会让女性用户怀孕，而直到最近，这还一直是他的主要性幻想。考虑到其中的风险，他决定他可能再也不会和这位女性用户上床了。既然如此，那就尽量不去想她。他觉得自己的一个阶段已经过去了。也许很快他就会找到一个新的长期性伴侣——可能是一个有文身的人。

这位男性用户越来越多地想到枯燥乏味的修道院生活，他知道自己很可能会讨厌这种生活。他想象自己长期禁欲，远离欲念沉迷。他可以多读书：做一个读书人。他喜欢这种说法。

有时，男性用户想要麻痹他所有感受快感的神经。他想到了一些显而易见的比喻，并在脑海中描绘出斩断琴弦的画面。

在她的格子间里，这位女性用户把智能手机屏幕朝上放在键盘旁边的桌子上，然后点击锁定。她看着鲜艳的 OLED 显示屏暗淡下来，最终变成一块纯黑的面板。

这位女性用户给男性用户发出那条信息后，已经过去了一天一夜又一个早晨，但她仍然没有收到任何回复。事实上，除了一条来自比萨连锁店的蒜味马苏里拉芝士面包网上独家特卖广告短信，以及来自她母亲的一条征集生日礼物创意的短信外，这位女性用户已经三天没有通过任何平台收到任何人的任何信息了。

我是一个失败者吗？我的选择正确吗？

有时，这位女性用户会觉得，在一台电子设备内发生的一切，花在屏幕前的时间，是发生在当下的事，而在设备外发生的一切，在真实时间里发生的一切，倒像是过去发生的事。

这位女性用户发送了几封颇有成效的工作邮件，当她的思绪转回到男性用户身上时，她刮了刮指甲。

过去连续四个周末，他们都睡在同一床被子下。如果算上她的嘴，他进入她身体的次数已经超过十五次。他们有只有他俩才懂的笑话，有两人都喜欢的地方。他见过她穿上她所有最好衣服的样子。

当然，她也知道，如果她是男性用户，她也会像他这样待她，对于在他的视野范围内似乎已结束的生活，带有同样的不负责任的冶游心态。算法会为男性用户提供成千上万的其他匹配对象，每一位都像独立包装的薄荷糖一样新鲜。算法对“多”和“新”的偏好会影响、改变他自己的偏好。

如果男性用户给她发一条很长的信息，温柔地解释他不想再见她的原因，女性用户是不会看的，但是这并不意味着她不愿意他发这种信息。他打算就这样躲着她？躲一辈子？她越想越生气。

在智能手机上，女性用户回到了她与男性用户的信息对话中，她的“嘿？”仍然可怜巴巴地悬挂在两人之间，被封在天蓝色的语音对话气泡里。

“那么”，她在下面的文本框中输入，随即又删掉了。“为什么”，她输入后也删掉了。她瞥了一眼消息应用的文本预测功能，以前她对此都是视而不见、从来不用的。她将拇指移向根据她的历史用词为她预选的三个单词中的一个。

她选了“是啊”。屏幕上出现了一组新的后续预测词句。她犹豫了一下，然后选了“我相信还要再过几天但我非常肯定你只能这么做我得给你一些东西我知道我喜欢你抱歉你知道你有多开心我不想做任何违心的事实际上我很抱歉”，回车，回车，回车，发送。

对不起，请问，我认识您吗？

他就是这么说的。

听到他的声音，她转过身来，心里想着：**这该不会是**——周围的景物开始旋转、模糊起来，**不可能是**——然后，所有的东西都重新恢复原貌，很清楚，就是他。

他们站在一个摊位前排队，中间隔着几个人。这是她住处附近的一座教堂，在它的前院，每两周举办一次农贸集市。她的背包背在胸前，他则费力地抱着一个大盆栽。两人的头顶上，阴沉沉的正午天空是《金融时报》的颜色[①]。

“噢，嗨。”她笑着说。她笑是因为被人认出感觉很好，还是特别为他而笑？接下来她想到的只有这句话“我要买些蔬菜”，然后下巴朝下，示意她的背包。

---

① 即浅粉色。为了在报摊上与竞争对手《财经新闻》区分开来，同时考虑到使用未经漂白的再生纸可以降低成本，1893 年，《金融时报》开始使用浅粉色纸张印刷。自此浅粉色成了《金融时报》的一大特征。

路人费力地走动着，排到他身后。他往旁边走了几步，头朝集市里不太热闹的地方偏了偏。“**我去那边等你。**”他很夸张地做着嘴形，没有发出声音。

她这才发现，尼克其实并没有像她一样在排队，于是也夸张地朝他点了点头。

她付完钱，整理好背包，把它按正常的样子背到身后，然后慢慢地朝他走过去。她意识到脚下地面的支撑，但却感觉不到地面的真实。在这里遇到他，在这种场合下，脱离了过去的情景，需要她付出相当大的认知努力来理解这一现实。

他们虚抱着对方，拥抱了一下，都说自己有多么吃惊，生活怎么会这样奇妙。

“我不得不说，”尼克说，“我真的很佩服我自己。我大老远单凭你的后脑勺，”他向身后做了个手势，“就把你认了出来。”

朱莉娅不由自主地抬起手来，摸了摸自己的头发。“我就当你这是在夸我吧。”

尼克说：“最近怎么样？”他不喜欢站着不动地认真谈话，便又问：“你想不想走走？”

朱莉娅说没问题，听起来不错。

他们一起穿过教堂有顶盖的门，离开了这神圣的地界。这种门在城市中很少见了。

尼克说："那么——"他开始问起朱莉娅来，朱莉娅反之亦然，两人还同时想象自己在对方眼中的模样，"你好吗？你看起来——"

"我很好。"

"你看起来很好。"

"谢谢。"

"我们往哪儿走？"

朱莉娅的方向感突然有些混乱，她停下脚步，以确定方向。"往那边走吧。"

"好。"尼克把盆栽的重量从身体一侧转移到另一侧，同时用一条大腿支撑着，换了一只胳膊夹住盆栽。"简直是疯了，"朱莉娅说，"你这种人跑到这里来干什么？"

尼克抱着植物，尽量耸了耸肩，"我就住在附近。"

"是吗？"

"是的。步行十五分钟的距离。"

"简直疯了。"她又说了一遍，虽然她觉得这真算不上怎么疯狂。她认识的很多人似乎在一生中的某个阶段都曾在这座城市的这个区域居住过。"那么，你在这附近住多久了？"

"一年左右？"

朱莉娅暗暗注意到尼克走路很慢。"你在开玩笑吧。"

"啊，"他说，"我是说，不，我没有开玩笑。我知道你也住在附近。我本来想跟你打个招呼的，但是——”

“但是？”

“嗯，我听说你和鲁丝或泰迪都不怎么见面了，所以我不想——”他看了看朱莉娅，然后眼光越过她，“我不知道。怕打扰到你。”

“怕打扰到我？”

“泰迪说你和一个餐馆老板什么的在约会，而且——”

“是厨师长，不是——”

“对，对。是的。没错，不过，听起来你好像有了一堆新朋友。我就是这么想的。”

“我还见泰迪啊，”朱莉娅辩解道，接着想起上次他俩一起喝咖啡已经是六个月前的事了，“有时候吧。”

的确，她已经脱离了以前的朋友圈，她希望现在能有一个比“工作”更好的借口来解释为什么会这样。但是她最近工作真的很辛苦，有时她每周要在厨房工作六十个小时。

尽管如此，想到老朋友们住得这么近，却很少见面，她还是很难过。他们平行地过着日子，没有交集。

尼克误以为朱莉娅最后几秒钟的沉默是在请他进一步了解她的感情生活。“那么，感觉怎么样？”

“什么感觉怎么样？”

“和那个老家伙，我是说，那个人，那个厨师。”

他们正穿过的这片区域在十年或二十年前曾因过度改造而出名，现在似乎正在经历再一次可谓是超级翻新的过程——拆除出租楼，为豪华公寓让路；赶走小商铺，为连锁商场提供场所。

此刻，朱莉娅发现自己被夹在两种截然相反但强度相同的内心冲动之间：做个诚实的人，告诉前男友她的生活一团糟；或者撒谎，维持一个表面看似有序、一切都很顺利的形象。“一切都很顺利。”

“噢，是吗？”

“是的。”接下来要说一个足够接近真相的版本，这样就不会觉得自己像个骗子。“我是说，我们暂时分开一段时间，看看情况如何。暂时而已。我们是非常不同的人。”

“是吗？”

“是啊。是的，几乎完全不同的两个人。性情。生活经验。

“我明白了。你是在朱利亚音乐学院接受的古典芭蕾训练，而他是在街头学会的跳舞。”

“事实上，基本上也是这么回事。我小时候的确上过芭蕾课。”

“我记得，”尼克说，“我见过你的脚。”

大约每隔四分之一公里左右，同样的几家银行、便利超市、咖啡连锁店和投注站就会重复出现，就像老卡通片里的背景一样。最近，尼克一直在想，这座城市到底是为谁而建的。

“什么意思？”

“就是说，它显然不是为你我准备的。所有这些豪华的高楼大厦都是为了囤积外国投资者的财富而建的。”

朱莉娅觉得这听上去像是尼克在卖弄新学到的知识。果然如此，紧接着他说：

“我刚刚读了一篇文章，说去年这座城市建造的所有新楼中，超过一半现在都空置着，因为它们并不是真正为人们设计的，只是作为……”

尼克在斑马线前停了下来，朱莉娅轻轻捅了捅他的腰，让他继续往前走。“现在该我们走了。”

“当然。”他小心翼翼地看着一辆驶过来的奥迪汽车。当他们穿过斑马线时，奥迪慢了下来。“无论如何，我会把文章寄给你的。不过，我想说的是，我正盼着尽快离开这里。”

朱莉娅晃着一根食指，唱道：“每个人都说想离开，但从没有人真正离开。”

“不，我真的要搬了。”

“什么时候？”

“这个月底。”

“你要搬家？”朱莉娅说，但她迅速收住脸上的惊讶表情。“我真没想到。”

“十分钟前你甚至都不知道我住在这儿。”

“但现在我很**吃惊**。”为了避免显得真的很难过，朱莉娅决定把她最初的反应改装成一个她显得难过是多么可笑的元笑话。“甚至有点**愤怒**。我已**崩溃**。几乎要哭了。你要搬去哪里？”

尼克深吸了一口气，准备说出他知道非常没劲的话。“我搬回去和我父母住。”

朱莉娅不知道如何回应，但是她知道自己做出回应的时间有限，不然就很尴尬了，于是她像历史言情小说中的人物一样说：“噢？”

尼克用空着的那只手揉了揉鼻子。“至少小住一段吧。”

“你是怎么想的？”

“嗯，有些事情我得理清头绪。首先是我的整个人生。”

“我真很佩服——”朱莉娅拼命寻找尼克处境中值得钦佩的地方，“你的勇气。”

“我的勇气？”他看起来很恼火，“你是说，我离开父母想过独立的生活，现在失败了，没办法只好搬回去住，这叫勇敢？”

显然我只是想表现得友好啊，朱莉娅想。“没错。”她说。

街道越来越窄，也越来越拥挤。两人都很难在多个外部干扰刺激中分清主次。

“这边？”朱莉娅朝一条居民区边的小路指了指。

尼克说可以，然后他们一起走出了中心繁华区，周围的建筑逐渐变得破旧不堪。

“那你的工作怎么办？”

尼克重新调整了他抱那盆棕榈树的姿势，现在它所有的重量都压在他的胯上，就像抱着一个婴儿那样。“我的工作怎么办？”

“你打算辞职吗？你搬回家住以后？”

“没这个打算，不会。我会通勤上下班。只有一个半小时的路程，”他在心里计算了一下路程，皱着眉头说，“单程。”

朱莉娅还记得尼克在大学时是多么不善于计划、多么没有条理。他毕业后四处折腾，没有任何真正的目标或追求。他没有目标没有方向是她选择和他分手的一个决定性因素。

为了让这个问题听起来没有压力，她问道：“那你现在做什么工作？”

“文案。在一家营销公司。但这简直不算一份工作，我只是整天坐在电脑前，有时别人会告诉我输入点什么。”

“听起来很有意思。”她说，但愿如此吧。

“没意思，”他每走一步，盆栽最外层的叶片就会烦人地碰到他那一侧的脸，“不过，我很快就会去找其他工作的。我先得把事情想明白。这座城市并不是一切的终点，接下来的事，谁知道呢。”

“你还在写自己的东西吗？就是，真正的写作？”

“当然，一直在尝试。”尼克尴尬地说。他想起最近那些开了头又放弃的故事、那些剧本草稿和写了一半的小说，无法像他在大学时写的幼稚作品那样流畅自然。

他们转进一条安静的街道，商店和服务设施明显少多了。

“那么，你还喜欢住在这里吗？”他故意把话题从他的写作转移开去。

“我吗？我确实喜欢这里，是啊，”她条件反射般地说道，然后用手在空中画了几个小圈，“我是说，不过有时我对这里也有些负面看法。”

“就好像，我在这里待得越久，”她略停了一下，接着又说，“我就越觉得自己被扭曲成了一个城市人，被磨平了。这让我绝望，又觉得这就是命。”

尼克点点头。“那么，是什么把你留在了这里？”

问得好。

答案显而易见：她还能去哪儿呢？她所有的朋友都在这里，虽然她不再见他们；她的工作也在这里，尽管她并不喜欢。据说，这座城市充满了机遇和乐趣，而她又没有备选方案。单凭这一点，就足以证明这里令人头疼的生活成本和几乎无法呼吸的空气是合理的。

说实话，如果这座城市有一样她喜爱的东西，就会有一百样让她厌恶的东西。她飞快地重新回顾了一下自己的整个成年生活。

“我不知道，”她笑了起来，“我们这成了一场高强度的谈话啊。”

“还真是。对不起。”尼克说着重新调整了一下身体与盆栽的平衡。

在一个出租房屋价格比较低廉的地区，他们与十来对二十多岁的情侣擦身而过。朱莉娅一瞬间有种奇怪的感觉，潜意识里觉得她和尼克也是一对情侣。

她飞快地眨了几次眼，努力理清思路。“嘿，那么，这棵大植物是怎么回事？”她总得说点什么。

“什么？”

“就是说，你马上就搬走了，为什么还要买这么大一个盆栽？”

“你真是个侦探，什么都逃不过你的眼睛，对吗？这是送给你的老朋友鲁丝的。”

朱莉娅咽了口口水，但还是干巴巴地问道：“为什么？”

“嗯，最近我们经常见面，”尼克摇了摇那个盆栽，扇子般的叶子沙沙作响，“所以我想送她一份告别礼物。”

尼克等着朱莉娅说点什么，但她没有。

“你应该抽时间给她打个电话。我们可以一起出来玩玩。”

“我知道我该打个电话。”朱莉娅说。她到底听到了什么，为什么她会感到如此突然？她的前男友和前闺蜜——？

“她现在和一个非常不错的家伙在约会，”尼克说，“斯坦尼斯瓦夫。你还记得他吗？”

“也许吧，”她瞬间如释重负，“三年级的？”

一辆公共汽车超过了他们旁边一个骑自行车的人。尼克在汽车的加速声中说了些什么，朱莉娅没有听清楚，但她还是点了点头，说了声“当然”。

谈到鲁丝，让她开始思考自己过去几年所做的一些决定。这些决定在当时看来都不是特别重要，但却在日复一日中逐渐把她变成了一个孤僻的、以工作为重、不再有很多朋友的人。她想，也许自己已经变化太大，无法再重拾旧日的友谊。

她看着尼克，想做个实验，她想从他俩共同的私人回忆缓存里找出一个只有他们才懂的笑话，那些只有他俩共同经历过的人际交往经历，可惜她什么也没想出来。

开始下小雨了，半空中看不见雨丝，但路面和人行道上却有些深浅不一的水斑。

和朱莉娅在一起真好，尼克想，能够再次和她并肩一起走着，从很多方面来说，都是一种安慰。温暖而不易察觉的雨水让此刻与他一生中在雨中经历过的其他重要时刻有了一种主题上的连续性。

总有一天，他要把它们都写下来。

然后他开始跟她谈起地球上可开采石油的有限储备。“你还记得，上大学时，每个人都在担心‘石油峰值’吗？”最近，尼克养成了一个坏习惯，那就是在背诵他从网上记住的长篇信息时，总是目光放空凝视远方。他现在就沉浸在这个习惯中。“校园里总有抗议和辩论，说地球表面下可开采的石油数量有限，地质匮乏很快就会对经济和生产增长造成严重制约，比如商品价格大幅上涨，代理战争和资源战争愈演愈烈，最终导致全球经济崩溃。但是，你有没有注意到，如今你基本上再也听不到‘石油峰值’这个词了？奇怪吧，如果你去查一下，当时预测人员说我们正在逐年接近石油峰值，也就是说，现在距离石油峰值的真正出现只有一二十年的时间了。显然，这是因为几年前曾有研究报告称，不必担心石油峰值，那只是个骗局，因为后来发现，那些研究全都是石油行业资助的，是为了安抚市场什么的。很有意思，对吧？奇怪的是——”他侧身九十度，想看看朱莉娅对他的话的反应，发现她不在他身边，再转九十度完全回过身来，发现他说这段长篇大论时，她早已停下了脚步。

“对不起，尼克。”她正在摁智能手机。细小的雨滴在手机屏幕上闪闪发光。她抬起头说：“我在听，我只是需要给人发条短信。稍等。”她又低下头看着智能手机，奇怪的是，她竟然不知不觉把她原本只想说的话打了出来：“对不起，尼克。”

虽然尼克暗自觉得朱莉娅掏出智能手机的举动打破了他们这次偶然相遇的缘分，但他说没关系。

朱莉娅觉得在她删除那句话和输入更多文字时，他在研究她的表情。于是她让他看别的地方，他照做了。

“你在给一个男孩发短信吗？”尼克说。他在最后一刻提升了“男孩”这个词的语调，让这个问题有了一丝玩笑的意味。

“不是，”朱莉娅说，“这不关你的事。”尼克觉得，她这句话同时成功地斥责了他的多管闲事和狭隘的异性恋倾向。他飞快地想象了一下朱莉娅出演一部高收视率的迷你电视连续剧，与各种性别的人在光鲜亮丽的大都市里发生各种浪漫关系。

“你为什么在点头？”朱莉娅问。她把智能手机放进背包前袋，拉上拉链。

“我没有。”

“有，你有。而且如果你一定要知道的话——”她又跟他并肩走起来，“我是在给我姐发短信。”

就在尼克问“她怎么样了？”的同时朱莉娅说：“我觉得她有婚前恐惧症。”

“不可能！我都不知道她订婚了。不过，我为什么要知道呢。是和那个律师吗？”

“是啊，哦不，等等，是另一个律师，不是你以为的那个。”

“历史怎么会重演——”

“还有一件事你不知道，她怀孕了。而且她和她的未婚夫要搬去多伦多。”

“加拿大的多伦多？”尼克毫无意义地说。

“没错。她丈夫的公司给他升了一大级。”

“哇，那你会去看望他们吗？”

朱莉娅说：“我是说，那里很远，费用很大。但我一定会去的。我想尽快去。等孩子出生后就去。”她轻轻咬了咬自己的脸颊内侧，时间过得真快啊。“但是不管怎样，是啊，石油峰值。我依稀记得自己曾经为此愤怒过。”

在朱莉娅以前每天上班都要经过的公园拐角处，尼克问他们能否在一棵树下躲一会儿雨——他的两条胳膊因为搬运植物需要休息一下。朱莉娅说当然可以。

他点燃了一支手卷香烟，几秒钟后又重新点了一次，她甚至都没注意到他在抽烟。他请她吸一口，她谢绝了。

雨继续在他们周遭细细密密地下着。他们谈了一会儿大学里认识的人毕业后的生活。一个他俩以前共同的朋友，在过去一年里，全职、无偿地在社交媒体上公开批评时政，现在小有名气。朱莉娅还向尼克报告了放松对氯化鸡肉销售的管制可能会给整个餐饮业带来的后果。

他们聊得越多，尼克越觉得找不到话说。是他自己的问题吗，还是他们之间存在着某种巨大的、不愿面对的、没有说出来的问题，而他们却不承认？但那会是什么呢？时间的无情流逝？世事的变迁？还是他们曾经让对方真正快乐过的事实？

尼克打了个寒颤，从树下伸出一只手掌，看看雨的大小。“嘿，我要去那边。”他指了指朱莉娅不太熟悉的一个街区。

“好吧。”她说。在这样特别的时刻，她允许自己感到失望。

“这是我的新习惯，”他说，“适时离开。不过对了，我可以把那篇文章发邮件给你吗？”

“好啊。”

“你还用那个邮箱吗？”

“是的。”朱莉娅热情地说，心里却想，谁会没事更换邮箱呢？“给我发些你写的故事吧。如果你还在写的话。”

“没问题。”他说。一提到他的写作，他又尴尬了。他抹去下嘴唇上的一缕烟丝。“嗯，见到你真的很高兴。”

她笑了，半开玩笑地考虑着做点什么疯狂的事情：放肆地尖叫，给他一拳，做个什么动作，给他来个现实测试看看他的反应。“我也是。”

“那好。”他摇摇头，大胆地看了看她的脸。“世界真小啊。不，或者说，只是这儿太小了。不过都一样。”

他们彼此拥抱，互道再见，然后各自离开。明知不该这样做，她还是转过身，目送他远去。只有从远处看，她才发现他俩都穿着同一款低帮中性素食鞋[①]，只是颜色不同而已。她考虑着要不要给他发条短信指出这种巧合，但最终没有这么做。她转身的行为达到了预期效果——她现在比以前更难过了。

渐渐地，他们从两个不同的方向重新融入了同一个大都市。无论他们对这次邂逅有着怎样相似的想法，这些想法此刻正在他们的脑海中回荡。

她一个人走得快多了，最终意识到自己走了很远，却没有想过这是朝哪里走。她重新找到方向，往家走去。前一天晚上她睡得太少了，也许这就是她现在感觉如此怪异和脆弱的原因吧。

上次见到尼克已经是两年前的事了。等等，不，她数错了——三年了。他看起来比以前好很多。不知道他是否完全戒了酒，也许喝得少些了。

她为他搬回去和父母住感到难过，但她估计他也是没有办法。也许这能给他动力，让他最终想明白自己到底该做什么。

偶然遇到他让她很高兴，但是又能独自一人，又回到了清晰明

---

① 素食鞋（vegan shoes），指严格采用非动物毛皮材料制造的鞋子。

朗的世界，她更高兴。一直以来，她都在努力维持一个从不出错的乖乖女形象，她感到很累。

人行道上一个小坑里积聚着一摊水，闪耀着珍珠色，她跨了过去。她想到你必须要小心地对待往事，不要让自己轻易陷入修正主义。别忘了那种认为过去浪漫的想法几乎总是杜撰。

一股新风增强了雨势向下的力量。现在很冷；她使劲拽了拽埃勒里的旧运动衫的兜帽绳，在领口处把绳子系得更紧些，紧紧地包裹住脖子。天气变得如此之快，真是反常。现在人们是否还会谈论天气是否合乎季节？季节的划分还跟从前一样吗？旧的符号还适用吗？

还有：巧合是来自上帝的信息吗？朱莉娅知道这听起来很疯狂。她甚至不是一个真正的信徒，但是她出生于一个有信仰的家庭，她清楚地知道母亲会说什么：这是一个神迹。

不过，这肯定是自欺欺人的谬论。那些看似巧合的事情，其实只是偶然的随机产物，是虚无的幸运。

但是另一方面，混乱、受苦——这一切，以一种奇怪的方式，在一天中的某个时刻，在某种心境之下，变得自有其完美的意义。渴望恩典的救助是恩典的开始。诸如此类的想法把她送入接下来漫长的夜晚。

搜索引擎优化

六名年龄介于二十七到五十五岁之间的白人男性坐在一个房间里。他们周五上午的电话会议已经结束，但现在吃午饭又为时过早。

房间中央防指纹层压板桌子上，每个人面前都摆放着一份螺旋装订的演示文稿，房间两面承重墙中较窄小且无窗户的那面墙上，挂着一块哑光帆布荧幕。该演示文稿的内容正通过六台笔记本电脑中的一台投影到荧幕上。房间的两面非承重墙是磨砂玻璃内隔墙，透过这些隔墙，从办公室的其他地方只能看到男人们模糊的轮廓。

这几位男性，按身高由矮到高排列如下：5. 佩里·艾弗里；4. 肖恩·汤森德；3. 弗雷德·哈尼和雷·班农（并列）；2. 马特·梅纳德；1. 克里斯·纽兰。

肖恩·汤森德通常是第一个会后活跃气氛的队友，现正全力以赴想编点什么有趣的话来说。

克里斯·纽兰接连打了三个喷嚏。马特·梅纳德为他祝福了一次。

雷·班农今天穿了一件舌头色工作衬衫，佩里·艾弗里几乎无法移开视线。雷·班农冲大家说："你们听说了吗，今天是昂特金的最后一天？"

虽然弗雷德·哈尼很少想到亨利·昂特金，但辞职行为赋予辞职者一种英雄主义气概，他发现自己很钦佩昂特金，因为他离开了这里。"干得漂亮。接替他的人找好了吗？"

"本来有一个女人，不过她已经撤回了申请，"梅纳德说，"家庭方面出了点问题。"

汤森德的脑海中顿时冒出一句笑话："昂特金要走了？要穿的鞋子可不小[①]。"

包括汤森德自己在内的五名男性听了这句俏皮话都哈哈大笑。哈尼是唯一没有笑的人，他满脸的严肃认真。

班农说："他确实很有个性。"

汤森德往后一靠，全靠黑色塑料椅的两条后腿支撑着。"你可以说他留下了一个巨坑——"

"他要去哪儿？"哈尼说。

"昂特金？"梅纳德说，"没说。不过，也没人问。"

---

① 原文是 Big shoes to fill，意指前一任工作做得很好，接替他的人要花大力气才能赶上。

纽兰的手指拨弄着挂在脖子上的门禁牌。大楼里每个员工新入职时都会发一个，但实际上没有人会戴着它们。“我想我听说，”他飞快地环视了一下房间，然后企图一本正经地表达接下来的话，“他被猎头公司挖到 M&M 商店当品尝员去了。”

大家又是一阵哄笑。在房间最远处的角落里，立着一株高大的多年生室内植物。从这个距离看，很难说它是真的还是假的，哈尼似乎从未见过有人给它浇水。他参加周五上午的例会已经两年了，但不确定这株植物在这段时间里是否长高了。“行了，”哈尼说，“得了。”笑声渐渐止住了。

“昂特金在这里干了十一年。”班农说。

梅纳德重复道：“十一年。”他摇了摇头。艾弗里说：“我八年前入职，当时二十五岁，没有结婚，也没有孩子。”

六名男性中，除了哈尼和汤森德之外，其余四人或咬着自己的脸颊内侧，或咬着嘴唇，同时 / 或者深沉地点点头。这四人中的每个人都在短暂地沉思，想着时间的流逝，脑海中浮现出不同女人的脸庞。

汤森德是靠关系得到这份工作的，他从未在其他地方上过班。此时他又有了一个好玩的念头，他对艾弗里说，但说得在场的所有人都听得到：“你八年前来这儿上班，七年来你一直想着离开。”

五人又是大笑，然后总结了今天电话会议上未解决的问题和可执行的行动方案。眼下最紧急的是，艾弗里的这套演示文稿必须进行修改，才能发送给客户。

班农和梅纳德开始了他们每周一次的例行对话，讨论简化公司项目验收流程的可行性，这个问题总是卡在高级创意人员项目上。随着讨论的深入，汤森德打了个哈欠，看到他打哈欠，哈尼也打了个哈欠。

艾弗里站起来，围着桌子走了一圈，把之前分发给大家的演示文稿收集起来，以示会议终于结束。经过班农身边时，他想，天哪，这件衬衫的颜色。

纽兰站起来，说了句休息区有丹麦酥，然后其他几位男性也站了起来。六个人离开房间，很快四散开去。

弗雷德·哈尼的办公桌上放着一个未封口的空白C4信封，里面是准备送给亨利·昂特金的告别贺卡，A4大小，新奇而廉价，等着哈尼签写祝福语。

贺卡印刷用纸质地不佳，正面印有多句脏话和“亨利”字样，看这排版设计，可能是公司内部人员自己的美工设计。

哈尼打开贺卡，浏览着里面已经手写好的留言：“我们会想念你的”“祝未来一切顺利”“与你共事非常愉快”。

哈尼取下圆珠笔的笔套，在卡片一个空白角落写下“保持联系”，然后是他姓名的缩写字母。写完后一看，四周空空如也，这句话显得过于正式，没有灵魂。

他想在“联系”两字后面画一个笑脸，但最终还是没有画。他把卡片重新放进信封，然后把它放在克洛伊·戴利的办公桌上。

“这是什么意思？”克洛伊·戴利问，话音已落，笑容犹在。

“情书而已，克洛伊。”弗雷德·哈尼站在她身旁，而她坐着。

“**总算收到了**。”

哈尼拿起戴利办公桌上印有会议标志的宣传用指尖陀螺，转了几圈。“你在做什么？”

“干活啊。”戴利说。

“你能走开一会儿吗？”

“有点儿忙。”

“快吃午饭了吧？”

对于非高管员工来说，星期五意味着可以穿休闲装。戴利穿着一件深红色的带图案水洗 T 恤，上面印有一句与冲浪有关的常见口号。“是的，不过可能就在这里吃。”她说着用食指向下指了指她的工作台。

“今天抽烟吗？”

“有可能，”她说，“我现在减到一周五支左右。”

“那好，”哈尼等着陀螺的加重叶片失去动力、慢慢停止旋转后把它放回桌上，“午饭后如果你还有烟瘾，过来找我吧。”

克洛伊·戴利因为长得非常漂亮，有进入人们梦境的力量。

弗雷德·哈尼从一盒已经打开的好市多糕点中拣出最后一块樱桃果酱丹麦酥，盖着它的玻璃纸已经完全脱落。纸盒后面的墙上贴着一张便利贴，上面写着：“我请客，请慢用。——亨利。”

在空调的吹拂下，丹麦酥已经有点干了。吃着它，哈尼开始幻想他在这里的最后一天要怎么过。他会带一打卡卡圈坊的高级点心来，不要甜甜圈，要别的，他要在甜点上用覆盆子糖浆写上有个性的“FUCK YOU ALL”字样——包括空格在内一共十二个字符。

在离他几英尺远的地方，一脸困倦的尼克·德怀尔正在休息区的微波炉里加热剩饭剩菜。

“嗨，尼克，”哈尼说，一嘴的糕点碎末，“周末有什么计划吗？”

德怀尔今天一整天还没有说过话，嘴唇都粘在一起了。过了一会儿他才说：“我想我只是——啊，我有些事情——要处理。你呢？”微波炉响了，德怀尔从里面取出一个没有盖盖的特百惠保鲜盒，里面是一块长方体的千层面。

“瞎忙，”哈尼说，“你签亨利的告别卡了吗？”

“还没，不过我会签的，”德怀尔说，“马上就签。”他说话的方式又别扭又费劲，让他们俩都很尴尬。“那好，”他举起他的午餐晃了晃——他总是一个人提前吃完午饭——用一种故作快活的腔调说，“我先走了，再见，弗雷德。”

在人类历史上，首次出现了这种情况：一个人如果不想的话，他就不必去想自己在想什么。科技已经在世界上开辟了许多新渠道，通过这些渠道，消费者可以随时得到迅速即时、无实质内容且能分散注意力的身心纾解。

你与之交谈的任何人也都同时存在于一个更具娱乐性的非实体化社交空间中。这个空间存在于屏幕上，但又紧扣现实。与此同时，人与人在物理空间、非虚拟空间中的互动却被弥散的焦虑所压倒，这与科技媒介通讯的高度优化易用背道而驰。

人们在屏幕上的互动越多，面对面的交流就越少，而且越令人难以忍受。至少尼克·德怀尔这么认为。

凯特·巴切尔德把办公桌上一沓散乱的文件整理好，然后像新闻播报员一样，把它们摞成一摞整齐的文件。**就这样吧**，她想，上午的活，彻底地，干完了，**就这样吧**。

她拿着这些文件朝碎纸机走去，她又这样想了好几遍，这个短语的循环逻辑让她愉悦：就这样就这样就这样。

当她走到打印室时，克里斯·纽兰正在使用碎纸机。

“嘿，克里斯。”巴切尔德说，由于碎纸机工作时太吵，纽兰没有听到。她觉得自己站得离他太近，于是后退了几步，靠在墙上。

纽兰正全神贯注地把纸张塞进碎纸机的大嘴里，他脸上的肌肉完全放松。在送入一份文件后，他又从一个标有“可销毁”字样的环形活页夹中取出另一份文件，送入碎纸机。

当他终于意识到巴切尔德的存在时，他猛地一缩：“天啊，对不起，凯特。没看见你在那儿。我很快。”

“不着急。”巴切尔德说。

但纽兰就是纽兰，他加快了动作，不一会儿，他就把很厚的一沓纸塞进了碎纸机的入口。在碎纸机的正面控制台上，一个通常亮着绿灯的 LED 灯现在开始闪烁红光了。

“真见鬼。”纽兰自言自语道，脸上原本放松的肌肉全都绷紧。他试图手动清理这一叠纸，但碎纸机并不配合。“太——不实用了。”他在“太”字后面停顿了很久。

巴切尔德花了一秒钟才想到应该主动做点什么。“我下楼去把吉吉找来好吗？”

纽兰咕哝了一声“嗯——唔”，满脸涨得通红，费力地扯着那些卡住的纸，其中一些被他扯烂了。

巴特切尔德知道，对于一个刚开始恼怒的人，最好不要向他提出理性建议。然而即便如此，她还是说："我这就去找吉吉来，他总能——"

"我**知道**我可以修好，"纽兰语带敌意，"只是你站在那里盯着我看，我没法做。"

雷·班农通过高强度的间歇性训练、合理饮食以及谨慎地参与专门讨论搭讪艺术和男权活动的网络论坛，增强了离婚后的自信。

班农在男人圈中学到的一个有用技巧是，记住每位同事的一件私事，以后在与他们交谈时不经意地提及这件事。他希望这样做能让人觉得他讨人喜欢和富有魅力。比如：克洛伊·戴利正在进行半程马拉松训练；莉安·凯利有个年幼的儿子；弗雷德·哈尼最近经历了一次糟糕的失恋。

肖恩·汤森德在走廊上与吉吉·帕拉斯擦肩而过，飞快地说了一句："嗨呀，吉。"

帕拉斯回了一句"嗨呀"，但看都没看一眼汤森德。

吉吉·帕拉斯给办公室众人的印象是：死板。行事直来直去。

他参加办公室每周四下班后的啤酒聚会，但从不喝酒。未婚，年龄不详。他不参与每周一次的办公室全员买彩票活动。周末，有人曾见他穿着与周一至周五一模一样的休闲西装。他不在场时，如果大家谈到他，他只会被批为冷漠。

尽管大家都知道这间办公室年代久远，但却无法确定它究竟是哪个时代的产物。

莉安·凯利清楚地记得曾听人说过，普尔曼、汤森德和派亚特事务所的总部是二〇〇二年在这里建立的，但这栋大楼本身显然比这要老得多，好像是上世纪七十年代中期到八十年代初期的建筑。

有趣的是，管理层竟然不明白在舒适的房间里时间过得更快这个道理。为什么要让我们坐在泛黄的天花板和长条日光灯管下面，为什么要让我们忍受拥挤的办公空间，为什么从不更换香薰干花？哪怕只做一些小的翻新也会有很大的改善。就好像，难道我们就不配有一点好东西吗？

“我能说几句吗？”佩里·艾弗里说。

他们几个人站在休息区讨论一个与政治有关的话题，这个话题主流新闻媒体已经报道讨论好几周了。一开始只是两人关于时事随意聊了几句，现在已发展成五个人的高声争论。

“我能说句话吗？”佩里·艾弗里重复道，接着就原封不动地重复了他在开车通勤的路上从电台脱口秀节目里听到过几次的一个观点。

艾弗里说完后，山姆·温特提出了一个反驳意见，休息区的另外四个人中有两个也大声表示同意。

在赞同者中，首当其冲的是克洛伊·戴利，她正在就当前的问题发表颇有见地且充满激情的讲话。不过，她冷静地想想，自己说得越多，就越难确定自己是否真的关心这个问题，抑或只是在背诵一系列通过庞大的跨媒体广播设备灌输给她的预制论点。如果是前者，她为什么不能更关心一些？如果是后者，那她怎么会同意这些想法的？

现在，克里斯·纽兰站出来为佩里·艾弗里辩护。当纽兰的目光与戴利的目光相遇时，他突然想起最近做的一个梦。在梦中，他像婴儿一样趴在戴利的乳房前吮吸着她的乳汁。梦境瞬间浮现于他脑海中，又很快被他抑制住。

这时温特突然对纽兰发起攻击，然后纽兰再次回应温特和戴利的攻击。在回答的过程中，戴利注意到纽兰下排牙齿的牙龈处沉淀了相当多的牙垢。她不想再看他的其他部位，于是她在提出反驳意见时，低头盯着他的鞋子。她说话的时候，又出现了和以前一样奇怪的感觉。她说的每句话都是泛泛之辞，没有自己的观点，都是别人的话。

尽管如此，雷·班农双手合抱于胸前，不断点头，似乎同意戴利对相关政治问题的所有看法，并发出许多含混的赞许声。

戴利卷入这场谈话完全是自找的。她当初就不该搭腔问艾弗里和班农在聊什么，她只是来休息区泡杯咖啡的。

看看现在正在讲话的纽兰，每次眨眼时他都会紧闭眼睑。这是一种神经质的行为，一旦你发现了，就没法不再注意。戴利在场时，这种抽搐状况明显加剧，仿佛他在用两只眼睛同时向她眨眼一样。

出于礼貌，戴利听着纽兰说话，让他向她解释了一堆她基本上已经知道的事情。

接着，温特打断了纽兰的话，当所有人都在争吵时，戴利悄悄地离开了休息区。等她回到自己的办公桌前，才发现自己忘了咖啡，她去那儿本来是想给自己泡杯咖啡的。

昨天，吉吉·帕拉斯下班后留下来，想在肖恩·汤森德的办公桌下最上层的抽屉里放一张匿名便条。

帕拉斯打印了措辞严谨的便条，并做好了传递便条的心理建设。他三番五次地确认大楼保洁员已经完成了每日的最后一次清扫，然后他弓着腰（便条折了四下，放在衬衫口袋里），蹑手蹑脚地穿过空无一人的办公室。

他跪在写字台旁，深深地吸了一口气，以一个干净利落的动作拉开了最上层的抽屉。里面有几张揉成一团的面巾纸，帕拉斯一时误以为是剪下的白玫瑰花朵，它们慢慢地滚落下来，仿佛在向他致意。

在帕拉斯眼里，这些面巾纸又从多年生花朵的花瓣变成了真正的三层纸巾，他厌恶地猛地关上抽屉，站起身来，突然十分恐惧。他双手叉腰，在空荡荡的办公室里踱了好几圈，便条仍然叠放在衬衫口袋里。

凯特·巴切尔德在她的工作和生活中，学会了有策略地分散注意力来容忍不适。例如：她在录入数据时听播客，将自己与工作分开来。

路过休息区时，雷·班农向克洛伊·戴利和莉安·凯利点了点头，说了声“女士们，你们好”。等他走远，听不到她们说话了，两人开始嘲笑他那种刻意而冷漠的友好态度。不知怎么，与人谈话时，他既有公事公办般的冷淡，又有怪异莫名的亲热，成功地达到了一种完全独特的平衡。戴利说：“他和你说话就像对着镜子说话，好像是在练习说话似的。”

“他总是问起我儿子，”凯利说，“让人毛骨悚然。”

“还有他用的须后水，”戴利侧过身，确认他已经离开，“即使他离开了房间，总感觉他还在，仿佛有一个香水幽灵在他所经之处徘徊。”

所有这一切，再加上他的马甲和发油，都给人一种令人尴尬的、赌台管理员式的时尚感。凯利说：“和他说话让你感到难过。”

吉吉·帕拉斯以代理IT工程师的身份，获得了安装在办公室所有台式电脑和笔记本电脑上的员工按键记录监控软件的后端访问权限。

原则上，这款软件允许帕拉斯收集匿名、无差别的数据集，以便深入了解员工的参与度和检测网络威胁，从而在全公司范围内实现双赢：既提高了运营效率，又加强了信息安全。而实际上，帕拉斯利用这个软件来窥探同事们的私人数字生活。

通过软件的管理界面，帕拉斯可以实时监控同事输入电脑的所有小数据：他们发送的每一条信息、记下的每一则笔记、向搜索引擎提出的每一个问题。帕拉斯认为，拥有这些信息，在现代社会里，就相当于全知全能了。

无论是软件的服务条款，还是公司的隐私政策，都没有明令禁止帕拉斯擅自运行他自己的个人数字全面监控系统。尽管他是在完全保密的情况下这样做的，但他深知自己是在恶意利用一个偶然出现的漏洞：因为PT&P公司最近的重组，导致内部资源管理不善。换言之，他唯一真正违反的是同事们对他的信任，严格说来，这并非一个可以被解雇的行为。

尼克·德怀尔几乎无法让自己的目光在屏幕上移动，去阅读他正在为佩里·艾弗里修改的一段文字。尽管他调动了全部意志力，仍然无法聚集起所需的阅读力量来处理眼下他笔记本电脑上展示的这个句子，每读一个单词，他都不得不停顿一下，心里想着这项简单的工作有多烦人。

德怀尔要编辑的这段文字不到两百字，是一份演示文稿的序言，在下午下班前要完成内部审定并交付客户。从实际角度看，德怀尔完成这项任务最多只需花费三十分钟的工时，但完成这项任务他耗费的时间可能超过三个小时，也许，至少在稍后更新每日工时记录表时，他要记录下完成这项任务的真实时间。

像这样的小项目依赖于一定程度的低效率来实现盈利：创意产业的官僚主义商业模式是战略性地过度分配专业资源。与节省人力正好相反，在一个项目上花费的计费时间越多，公司向客户收取的费用就越多。在这里，最好的职业道德就是不良职业道德。

德怀尔对电子文档中的某部分标志高亮，然后又取消了。对语法进行了一些小的调整：将一些句子从被动语态转为主动语态；让一些貌似聪明的词语看上去不那么自作聪明；再把一些真正愚蠢的词语变得聪明一点。说实话，你可以用乱数假文[①]替换这整段文字，没人会注意到其中的差别，反正客户只看标题和图形。

插入点文本光标在文档打开的页面上闪烁，满怀期待。德怀尔的鼠标垫带有记忆泡沫腕部支撑，他的皮肤与鼠标垫接触的地方痒痒的。

他强迫自己的眼睛从左到右扫视另一个句子，边看边发出哺乳动物的呜咽声。每多读一个字，他身上一些至关重要的东西就会被多榨出一点。

他的思绪飘忽不定，下意识地打开网页浏览器，恍惚间重又进入了互联网引起的感官错位状态，完全忘记了放在人体工学鼠标垫上的手腕。

他打开两个新标签窗口，开始处理他的两项主要个人副业：他写给朱莉娅的长篇电子邮件和他在办公时间偷偷创作的短篇小说。当他沉浸在其中任何一项时，时间流逝得平稳而充满意义。

---

① 乱数假文（Lorem ipsum），指一篇常用于排版设计领域的拉丁文文章，文字本身无意义，主要目的是为测试文章或文字在不同字型、版型下的实际显示效果。

不过这些故事，或者说，写给朱莉娅的电子邮件，并不那么隐秘，因为尼克·德怀尔在公司笔记本电脑上的每一下按键输入和每一次鼠标点击都受到吉吉·帕拉斯的实时监控。

此刻，在帕拉斯看来，德怀尔在简单修改即将到期交付的演示文稿的间隙，同时还在重写一篇小说的结尾。

当然，被人看到自己在网上闲混是一件非常尴尬的事，但目睹别人闲混也挺尴尬的。尽管帕拉斯为自己的偷窥行为感到可耻，但他还是无法移开眼睛。

帕拉斯的直拨分机响了，是克洛伊·戴利打来的，她遇到了麻烦。每当她在浏览器中打开一个新标签窗口，浏览器就会加载一个名为“about:blank”的网页，她该怎么办？

“这很正常啊。”帕拉斯说。

“你确定？我觉得这很不正常。”

“你可以使用浏览器的工具栏更改主页设置。”片刻停顿。“或者在首选项菜单里。”再度停顿。“我能五分钟后上来告诉你怎么做吗？”

“你可以吗？”

这儿总有干不完的事。佩里·艾弗里老是连不上打印机。会议室的 WiFi 网速太慢。上周，一封网络钓鱼电子邮件在办公室传播，还打着警告大家网络钓鱼电子邮件在办公室传播的幌子。

帕拉斯检查戴利的笔记本电脑，看看她刚才有无任何有趣活动。通过读取实时按键记录，他发现她在过去的十五分钟里一直在搜索“about:blank”问题。

与此同时，莉安·凯利在查找名人的身高，然后将查到的身高单位从米转换成英尺和英寸。

卡罗琳·罗什福尔正在一个专业人士交际和招聘的综合网站上浏览项目总监面试候选人。

凯特·巴切尔德在阅读康泰纳仕旗下网站上的一篇广告软文。

肖恩·汤森德正在——好吧，我们后面会说到这个的。

帕拉斯从挎包里取出午餐，一瓶能量饮料和锡箔纸包着的奶油芝士面包圈。他坐在椅子上做椅子瑜伽，转动他劳累过度的肩膀，先左右再前后倾斜，然后拉伸侧腹和腰部。

他在监控系统里还注意到，弗雷德·哈尼使用一个匿名的一次性账户，以一种虚构的社交关系方式滚动浏览克洛伊·戴利在Instagram上的图片和信息。他（哈尼）每隔几个小时就会浏览戴利的照片、视频和故事，几个月来一直在网上追踪她的健康之旅。

帕拉斯想知道，当一个克洛伊·戴利那样的美女会是什么感觉？每天有数百名访客访问你的社交媒体？你仿佛盯着一面虚拟镜子，它在告诉你，你看起来有多漂亮？她Instagram上的图片证明，这一定很美好。

翻看她的自拍照时，帕拉斯思考着戴利这张脸的本质。就像任何信息一样，他了解得越多，其价值就越低。

帕拉斯想起了自己对屏幕上这张面孔的主人还有一项工作职责，于是他把对这个图像的幻想最小化，从椅子上站起来。由于久坐导致的腿麻，他像僵尸一样摇摇晃晃地上了楼。

尼克·德怀尔自从春天搬回父母家后，早上经常搭雷·班农的顺风车去上班。在班农的监护权允许孩子们在他家过夜的情况下，第二天早上，他那对古怪刻板而彬彬有礼的双胞胎有时会坐在他的中型掀背车后座上。两个孩子看起来像老人，一言不发，忙于操作他们各自的手持电子设备。

车内的空气清新剂悬挂在后视镜上，是那种含薄荷醇的树形清新剂。多年的阳光早已将它的香味挥发殆尽。

弗雷德·哈尼在乡下度过了愉快的童年，他觉得自己现在正以某种方式为此付出代价。他年轻时总是很爱笑，对乐器天生敏感，高中时入选天才班，还参加过校运动队。

如今，三十多岁的他变得有点孤僻。大多数工作日的晚上，他独自玩游戏，偶尔和室友一起玩；周末，他可能会在人满为患且价格不菲的酒吧里跟一两个公司之外的朋友见见面，一起喝上几杯。

最近，哈尼对其中一位朋友说，他感觉自己的日子好像是叠在一起的。

当这位朋友问哈尼他这话到底是什么意思时，哈尼说，他最近对自己的生活最强烈的感受是，他真正体验到的每一天都是在以前所有日子的叠加之下，也就是说，由于之前的每一天都几乎一模一样，而有关这种日子的记忆在不断地累积和叠加，他的日子正变得越来越厚，越来越重。

这位朋友拥有心理学荣誉学士学位，他没有大惊小怪，只淡淡地问哈尼能否更详细地描述这种感觉。

就像世界在他周围凝结了一样。哈尼啜饮着他的啤酒，并将最上面的啤酒沫舔得干干净净。“我想，这是因为不断重复的缘故。我越是重复做同样的事情，我周围的现实就变得越沉重。然后，事情越是一成不变，我就在这种现实里困得越深。而我困得越深，我就越难以做出任何适当的改变。所以，我就慢慢地停滞不前了。就是这种感觉，被周围的混乱无序所压倒的感觉。”为了用一个笑话结束这场谈话，他补充道：“换句话说，我一如既往地情绪低落。”

朋友笑了。他们正想着如何才能让哈尼敞开心扉又不会觉得受到冒犯，哈尼却完全主动地敞开了心扉。

“这就像——你有没有觉得你的好运气早早就用光了？”

这位朋友说没有，没有特别感觉到。

"或者，等等，工作时，你有没有过这种感觉：当你回忆当天早上发生的事时，却发现它其实发生在一周前？或者一个月前，甚至一年前？"

这位朋友说当然有过。

"好了，瞧，我就是这种感觉。只不过我一直都有这种感觉。"

当行政办公室里头顶上的空调突然没有了声音，马特·梅纳德这才意识到自己在过去的两个小时里一直不停地听着空调噪音。仿佛在他以前认为的绝对寂静层之下，还有一个新的寂静底层。仿佛现在他才终于可以真的思考了。

在女卫生间里，凯特·巴切尔德在两只眼眶下方涂抹面霜，然后用指尖轻点让面霜融入皮肤。她的皮肤总是一到下午就显得没了生气。

克洛伊·戴利和莉安·凯利进来了，三人打了声招呼。她们站成一排，面对着洗手间整面墙宽的镜子，镜子悬挂在三个椭圆形的台下盆上方。

巴切尔德觉得和戴利、凯利同框在一面镜子里，隐隐约约有种羞耻感。站在她俩身边，她觉得自己很丑，不如她俩。从她们在网上被推销的产品来看，这三位女性处在相同的年龄段。

“最近怎么样，凯特？”戴利说。建立初次接触，表现得很友好。

“哦，很好，好极了。”巴切尔德说。也许说得有点太过了。

戴利往嘴唇上涂了一层唇彩，凯利则吸了一口电子烟，烟嘴发出余烬般的颜色。“我跟你说过他那天晚上给我打电话了吗？”凯利问道。她的话是冲戴利说的，没有理会巴切尔德。

也许是为了表示歉意，戴利瞥了一眼镜子里的巴切尔德，然后转过头去看凯利本人。“没有，他说什么了？”

戴利和凯利继续她们半私人性质的谈话，巴切尔德则静静地为她的脸保湿。她们之间的区别显而易见。

从高中开始，巴切尔德就感觉到这种场面在许多不同的情境中反复出现：像戴利这样的漂亮女人和凯利这种还算漂亮的女人生活在一种现实中，而她自己则生活在另一种现实中。

把盖子重新盖回那管面霜上，有一句没一句地听着戴利和凯利的对话，巴切尔德思考着这个世界对美女的偏爱，以及对没有魅力的人的不公正偏见（你如何知道这种偏见真实存在？恰恰是因为大多数人不太愿意承认它的存在）。不过，人们的生活大多很乏味，所以如果有选择的话，他们宁愿最大限度地接触美丽的面孔，这也情有可原。

有趣的是，如果有人要在电影中塑造巴切尔德的形象，他们可能会选择一位比她有魅力得多的女演员，但这样一来，你就无法完整地感受到她作为自己生活的主角实际感受到的一切。她的表现必然会被美化，从而抹杀了她的主要特质，即，她的平凡。

巴切尔德对戴利说了声再见，朝凯利点点头，拿着面霜走出洗手间。她走回办公桌时，才渐渐明白，不，她错了，她刚才想的事情永远不会发生。因为她意识到，如果她是电影中的角色，她绝不可能是主角，只会是主角的某位朋友。

这里被称作食堂，但其实只是一个摆放着三台自动售货机和十几张圆形折叠餐桌的房间，餐桌摆放在易于清洁的地板上。餐桌都是六人座的，内置坐凳通过铝管与底座相连。

在其中一张桌子前坐着弗雷德·哈尼、山姆·温特、佩里·艾弗里、肖恩·汤森德和卡罗琳·罗什福尔，角落里的一个位置仍然空着。

温特说："你们有人在吃维生素吗？"

"我在吃复合维生素，"艾弗里说，"早上吃。"

"我吃过一段时间的欧米伽 -3 软胶囊，"哈尼说，"但现在我什么都不吃了。"

"难道我们不是都应该服用维生素 D 吗？"罗什福尔说，"难道我们不是都长期缺乏维生素 D 吗？"

汤森德说："我可以给你一些维生素D，"他朝罗什福尔眨了眨眼睛，"如果你需要的话，我可以给你**超超大剂量**的维生素D。"

"太好了。"罗什福尔平淡地说。

"太妙了，肖恩。"艾弗里说着，把一个空糖包撕成两半，然后又撕成两半。

"不过，我以前倒是吃过益生菌，"汤森德说，"为了我的肠道。"

"我吃饭的时候还是别说这个了吧。"哈尼说道，他嘴里塞满了三明治。可惜太迟了，不知怎的，他咀嚼的时候，尝到了"大肠"这个词的味道。

克洛伊·戴利走进食堂，这儿的空气立刻变得清新起来。她向桌旁的五位食客挥手致意，食客们也都挥手回应。随意坐着的哈尼立刻挺直了腰板。

温特说："我想，我应该开始服用复合维生素了。"

汤森德等到哈尼又直直地咬了一大口培根生菜番茄三明治后才说："我听说锌可以增加精液量——你想要的是这个吗？"

哈尼尽量不去理会汤森德，想象自己离他很远。

"真是太妙了，肖恩。"艾弗里说。

"什么？"汤森德用吸管从一个大小不适于零售的纸盒里吸了一口橙汁。

在食堂的后面，克洛伊·戴利操作着三台自动售货机中最左边的那台。当她弯下腰去取机器刚刚吐出给她的物品时，露出了腰间的一小块皮肤。汤森德仔细观察后说："我应该喊'啊—啊—啊'还是'宝贝—宝贝—宝贝'？"

"今天有人见过亨利·昂特金、跟他说过话吗？"哈尼问，目光坚定地盯着剩下的三明治。

"我有啊，今天早些时候。"温特说。

"今天是他的最后一天，"艾弗里说，"对吗？"

"对，"哈尼说，"我们有什么计划吗？比如说，一起喝一杯？"

"没有，"罗什福尔说，"不过，我们应该在他走之前让他跳支舞。"

"跳舞？"

"你不记得他在圣诞派对上跳哈梭了吗？"

哈尼点点头，完全不记得了："哦，对，是的。"

"我记得他舞步轻盈。"艾弗里说。

"我记得他胖得像猪。"汤森德说。

"真太妙了，肖恩。"

"你怎么这么说话？"

"哈尼，亲爱的，我天生就这样。如果你觉得有问题，那就去人力资源部吧。"

哈尼看着罗什福尔，她就是人力资源部的。“他还要多久才会被炒掉？”

罗什福尔耸耸肩：“等他不再搞笑的时候。”

“拜托，说真的。”

“好吧，**说真的**，他被开除了。”

“你不能开除我，”汤森德面无表情地说，“我辞职。”

“好吧，那就让他接受纪律处分什么的。这儿总得有个度吧。”

“你凭什么认为**你**知道这个度在哪里？**你**很特别吗？”汤森德真的恼火了。

哈尼举起双手做投降状，斜眼看着戴利离开食堂。“我只是说说而已。”

“哦，他只是说说而已，伙计们。”汤森德吸了一口果汁，吸管呼噜直响，纸盒里果汁快没了。“他只是说说而已。”

弗雷德·哈尼有两大遗憾，他大部分时间都在交替思考它们，就像睡不安稳的人晚上会辗转反侧一样。

遗憾之一：他不应该和 X 分手。那是一个小气、心胸狭隘的决定。一个草率的决定。直到他做出这个决定后才完全明白其严重性，可惜为时已晚。实际上，在办公室里他并不经常想起 X，因为他喜欢把对她的回忆留到晚上，让它们显得更特别。但他在工作中会想一些与X有关的事情，如他们分手这件事本身：泪水之夜，反反复复相互指责，最终的搬离。

遗憾之二：他选择的职业道路，或者实际上根本没有选择职业道路。抱着“告诉我该怎么想我就怎么想”的心态，哈尼顺利完成了他的批评理论学位，刚刚及格的成绩令人失望。在随后十年的工作中，哈尼的大部分时间都是在各种大同小异的公司之间跳槽，做了一系列沉闷的暂时性的工作，然后才在PT&P公司谋到一个稳定职位，也就是级别稍微高一点、薪水稍微多一点、不那么沉闷的职位。他当时的想法是，他在这里可以学到一些虽然枯燥但是有用的技能，从而有希望再找一份收入更高、更有意思一点的工作。但是，他在这里已经工作两年多了，看看他现在的样子吧：停留在中层管理岗位上，从未晋升过。不知为何，对这个地方来说，他既太优秀，同时又不够优秀。

有意思的是：当人过着自己完全不喜欢的生活时，当每一天都比前一天更糟时，当你没有理由对未来抱有希望时，相形之下，过去就变得越来越美好，过去似乎真的在**改善**，尽管这样想的先决条件是过去的一切早已成定局。随着怀旧之情的日益加深，哈尼对X的爱从未像现在这样强烈，他的高中和大学时光从未如此神奇。

他的大脑中自动播放着他人生幸福阶段的记忆，画面越来越清晰，细节越来越丰富，而他的当下却变得越来越模糊。即使如今的哈尼早已成年，他仍然像年轻时一样，只希望能有个好人出现，告诉他该怎么做。

久坐不动，长时间待在一个地方不动，会让人过度思考，陷入不健康的沉思，产生出奇怪的执念。这到底是怎么回事？吉吉·帕拉斯想到，久坐不动的身体容易退化。也许人类的思维本质上是漂移在空间中的，也许人类的大脑进化而来就是需要在空间移动，需要风驰电掣的感觉才能知道自己真正活着？

超现实的屏幕世界肯定比充满敌意的灰色现实世界好，因为后者所传达的世界是真实存在的。社交媒体平台现在已经完全取代了我们生活的方方面面，而当初它们只是看似描绘我们的生活而已。

帕拉斯坐在这里看着同事们的集体沉迷，日复一日，时复一时，所有人的海马体都忙于计算机的运行，消耗着毫无意义的数字幻影，吸收着巨大的信息量，就如同赌徒们被老虎机的可变奖励所诱惑一样。

就拿你自己来说吧。几年前，当你拥有第一部智能手机时，你每隔几个小时查看一次？老实说，在很多情况下，你甚至忘了自己有一部智能手机，你经常都不知道把它放在哪里了。

回到现在。你上次一口气读完一篇完整的短篇小说，中途没有查看你的电子设备、没有刷新自己贴的东西是什么时候的事了？想想你的长辈们：他们会觉得必须每隔十五分钟就查看一次邮箱吗?这到底是怎么回事?

就在今天，帕拉斯自己在笔记本电脑上读一封邮件时感到非常无聊，于是他决定离开办公桌休息几分钟，可是几秒钟后，他发现自己又开始在智能手机上阅读这封邮件，而忘了他已经读过了。

帕拉斯看看屏幕角落的日期和时间显示，还有四个小时才下班。他尽量不去想肖恩·汤森德。

弗雷德·哈尼和马特·梅纳德都只比克洛伊·戴利高一个头，但她和他们俩一起站在外面的吸烟区，却产生了一种奇怪的组合效应，让她觉得自己比他们中的任何一个都矮了两个头。

“你知道吗？”梅纳德说。

“也许不知道。”哈尼闷闷不乐，他本以为只有他和戴利在这里，可梅纳德紧跟着也来了。

“什么？”戴利说。

“我想我从来没有和亨利·昂特金说过一句话。”

戴利把手放在心口上：“我**喜欢**亨利·昂特金。不过他超级害羞。”

哈尼靠在吸烟区很少使用的松木野餐桌上。“他不是洞察团队的一员吗？”

“我想是的。”

“你不也是洞察团队的一员吗？”

梅纳德说：“我在工作流程组。”

哈尼点点头，开始思考公司的不同团队；过一会儿，他又忘了，于是努力回忆他究竟为什么会思考这些团队，而这又将他超链接回亨利·昂特金身上。

昂特金在公司工作的时间比哈尼长得多，作为这样一个持续的存在，在哈尼心目中，昂特金简直与公司的装饰物一样令人熟悉，没有区别。很难想象昂特金会有任何形式的“职场外生活”，这种无法想象让哈尼想起，他小时候曾经以为所有的老师都住在学校里。

哈尼刚来的时候，他和昂特金共用一张办公桌工作了几个星期，那一段时光挺美好。他想了想，今天到现在还没见到昂特金。而此时已经是下午一点四十五分了，两点到四点他还要参加一个会议。如果昂特金提前走的话，他们可能会完全错过对方。

“能借一下打火机吗？”戴利说，她手卷的香烟已经熄灭了。

哈尼把他的一次性迷你打火机扔给了戴利。今天中等偏高的风速让她的手变成了移动目标。她用打火机点燃香烟，然后握住打火机不放。想到她摸着他刚刚摸过的东西，哈尼感觉很好。

哈尼花了一会儿时间想象了一个令人郁闷的离谱情节：他和戴

利相爱了，他们四目相对，深情凝望。“想离开这里吗？”

可是眼下她正在和梅纳德聊着什么。梅纳德将自己安排在一个比哈尼更靠近戴利的位置上，挡住了他。哈尼自责道，真不该靠在长椅上的。事关感情时，你的场面调度必须完美无缺。

哈尼觉得，日复一日地在这里工作，就像不会跳舞的你被迫参加一场大型舞会，而你甚至根本不想学会如何跳舞。戴利和梅纳德已经掐灭了烟头。戴利转向哈尼，喊道：“接住。”

打火机在半空中划出一道弧线，哈尼笨手笨脚地想要抓住它，可打火机还是从他张开的手掌上弹起，落在吸烟区的阻燃人工草坪上。

“手要稳啊。”戴利说。

亲爱的朱莉娅：

好吧，我把这篇小说投给了几家出版社，但都没有被采用，甚至连一封非格式化的拒稿信都没有。

重读之后，我觉得你对结尾的看法可能是对的。我也觉得结尾有点拖沓、无厘头，对前面的叙述而言没有任何意义。

不过我还是会坚持下去，因为我觉得我已经有了一个新的——

“朱莉娅是谁？”肖恩·汤森德站在尼克·德怀尔身后说。

“对不起，你说什么？”德怀尔头也不回地说。他赶紧把浏览器上打开的窗口最小化，然后又把后面其他几个打开的窗口也最小化。

肖恩·汤森德赫然耸现在他面前。“朱莉娅是谁？”

“一个朋友。”

“**我把这篇小说投给了**——”

德怀尔勉强挤出一丝笑意。他敢肯定汤森德比他大十多岁，他怎么干这种事情？

“让我看看。”

“什么？”

“你的小说。”汤森德说。

“哦，不。我还没——”

“别瞒着我。要不然我就告诉大家，你写的东西被一大堆——”他停下来想那个词，接着打了个响指，“**出版社**给拒绝了。”

德怀尔咽了咽口水，将舌头顶到口腔上颚，准备发出“不”这个字的辅音部分。

“我开玩笑的，”汤森德说，“开个玩笑罢了。”

德怀尔盯着他的笔记本电脑，假装一副忙碌和投入的样子。要不是汤森德的父亲是公司里的大人物，他会让他滚远点。“肖恩，我的演示文稿快完成了。我马上就发给你和佩里。”

汤森德点点头：“很好。”他的笑容变成了苦笑，他不知道自己是否还应该继续开玩笑。人们总是不明白他的幽默。

在申请这份工作的过程中，尼克·德怀尔必须提交一份简历和一封求职信，参加共十四道题的定时在线能力测试，一轮电话初试筛选问答，两次个人面试和一次小组面试，提交一份包含相关工作样本的作品集，签署一份保密协议，提供两名前雇主推荐人的详细直接联系方式。

能力测试的最后一个问题是：“关于搜索引擎优化，最令你兴奋的是什么？”

凯特·巴切尔德在使用休息区的咖啡机时养成了一些迷信习惯。

她相信，她用左手将意式顺滑烘焙的咖啡滤包装入咖啡机的滤包插槽，煮出来的咖啡会比用右手装进去的更苦，但无论用哪只手装的，她都会喝掉。

如果咖啡机在冲泡过程中发生故障，她不得不关掉重启的话，她认为这意味着她最近做了某种遭报应的错事。由于这个过错，为了惩罚自己，她会强迫自己在下班后给母亲打个电话。

同样，如果滤包卡在插槽里，如果滴水盘溢出，或者如果咖啡机里装滤包的垃圾桶已满需要清空，巴切尔德会将这些不便归咎于她个人的一些道德错误，并据此惩罚自己。

在有些个星期，她会频繁给母亲打电话。

浴室瓷砖、天花板瓷砖、地板瓷砖。弗雷德·哈尼超级无聊，他尽量在脑子里想各种瓷砖。

参加会议的还有菲·泰勒-刘易斯、克洛伊·戴利和肖恩·汤森德。

泰勒-刘易斯正在介绍“创建激励员工更好工作的办公场所文化的可传授企业战略”，她已经不停歇地讲了二十八分钟。

午后偏西的阳光透过房间唯一一扇窗户的百叶窗，在房间里洒下一片片光影。

天井瓷砖。看表。二十九分钟，从未间断。

泰勒-刘易斯的声音像单簧管，浑厚而低沉。汤森德认为，这一切本可以通过电子邮件传达，效果会更好。当然，泰勒-刘易斯肯定也知道，这一切都没有实际价值，纯粹瞎忙。

汤森德开始感到头痛，他用指尖半用力按了按紧闭的双眼——这是最安全的触摸自己大脑的方式。戴利在会议室的桌子下面不那么隐秘地操作着她的智能手机。哈尼看着她，泰勒-刘易斯看着他看着她，而她（泰勒-刘易斯）还在继续说个不停。

戴利向前倾身，将智能手机面朝下放在桌子上时，哈尼注意到自己的智能手机屏幕似乎短暂地亮了一下。他的手机面朝上，在同一张桌子的这一头，在他面前。可能是收到新信息的提醒通知，很有可能是戴利发来的。

这种可能性让哈尼觉得接下来的片刻值得活着。他伸手拿起自己的智能手机。当他按下手机侧面的按钮时，才发现根本没有收到任何新信息。他观察到的手机屏幕上一闪的光源，其实来自手机之外，是一道不断变化的光影，很有可能是戴利移动身体的结果。哈尼在椅子上稍微往下滑了一些，重新陷入之前的情绪里。

三十分钟。屋顶瓦片。

佩里·艾弗里敲门。

“进来。”里面传来回答。

当艾弗里走进马特·梅纳德的办公室时，房间之间的气流汇聚，使得梅纳德桌上散乱文件的边角翘起，像闹鬼一样。“嘿，马特。”艾弗里说。

梅纳德把脚搁在桌子上，上半身也侧身倚靠在桌子上。他的一只耳朵里塞着白色无线耳机，整个交流过程中一直盯着笔记本电脑的屏幕。

艾弗里说："尼克已经改好的演示文稿。我刚刚快速浏览了一遍，看起来不错。我马上就转发给你和班农。"

"干得好，佩尔。"梅纳德说。

艾弗里一直觉得梅纳德的皮肤下生活着一种类似螳螂的昆虫。"请放心，马特。"

"你他妈顺便给我口交吧。"梅纳德在艾弗里前脚离开房间并关上房门后说。

在梦里，卡罗琳·罗什福尔与成年儿子以女牛仔反向骑牛的姿势做爱。

在梦里，克里斯·纽兰从门牙开始向后一颗一颗地拔掉自己的牙齿。

在梦里，雷·班农继承了一笔遗产。

在梦里，尼克·德怀尔二十八岁时因行政错误不得不重修高中最后一年的课程。

在梦里，莉安·凯利未经审判就被判处终身监禁，且不得假释。

在梦里，吉吉·帕拉斯在现场活动的舞台上差点被肖恩·汤森德勒死。

肖恩·汤森德紧闭着眼睛，眼皮下透出粉红色的光，他现在头痛得很厉害。

克洛伊·戴利和菲·泰勒-刘易斯正在讨论过去的内部交流活动。弗雷德·哈尼大概插了三四次嘴，提出了自己的相关看法，但并没有什么特别的见地。

作为会议主持人，泰勒-刘易斯想让汤森德也参与小组讨论。“肖恩，根据我们目前所了解的情况，你有什么可以跟大家分享的吗？”

在泰勒-刘易斯的整个讲话过程中，她的话汤森德一个字都没有听进去，因此此时被要求发言，他有点被动，但他很快就从注意力不集中调整到全神贯注的状态。“嗯，我认为，”他说，措辞停顿间隔均匀，仿佛经过深思熟虑，“有很多值得深入挖掘的地方。”

时机正巧，这时传来敲门声，卡罗琳·罗什福尔侧身走进房间。“嗨，伙计们，这间会议室你们定了多久？”

泰勒-刘易斯看了看她银色的纤薄腕表：“恐怕还有一个小时。”

罗什福尔的脸上露出忍耐的表情。“好吧，没问题。”她又侧身出了房间。

罗什福尔关上门后，哈尼盯着门。戴利松开二郎腿，换一个方向重新跷起。

汤森德很高兴有人打断他的谈话，他把右手的食指和中指放在右太阳穴上，装出一副要结束刚才谈话的样子。“总之，菲，你做得很出色。听起来真的很棒。”

泰勒-刘易斯点击着可伸缩圆珠笔，向汤森德靠过去：“你能**详细**说说哪些地方很棒吗？”

“还有，告诉尼克接下来发生的事。”雷·班农说，指示莉安·凯利按照他刚才听到的，向尼克·德怀尔再好好复述一遍这则趣事。

原来故事说的是，凯利和她的朋友们去了一家俱乐部，她的一个朋友把自己的电话号码给了一位帅哥。

德怀尔以为这个故事说的是那个夜晚有多糟糕，他已经对凯利有关俱乐部的描述假笑好几次了，不过现在看来故事似乎完全绕到了别的地方，凯利甚至没有觉得俱乐部糟糕。“所以，”凯利接着说，“我们喝得烂醉，后来，很晚了，我们都回家了。以后，我的朋友就一直给这个人发短信。”这似乎是故事中的一个自然停顿点，可以插点儿话什么的，于是德怀尔就说：“啊——哦。”班农笑而不语。

他们三人在连接一楼主办公区和食堂的走廊上散步。

德怀尔很高兴参与这次谈话时手里拿着一杯咖啡。这让他有一个不错的转移注意力的东西，可以不断重新调整思绪，让手保持忙碌，就像他以前喝酒时习惯性端着酒杯一样。

后来大家得知，凯利的这位朋友一直给她在俱乐部认识的那个帅哥发短信，并最终安排了约会。按照故事的时间线，这事应当发生在两周之前。“于是，她去了这家酒吧，等了大概——不管多久吧，然后一个看起来非常恶心的家伙朝她走了过来。”

班农和凯利交换了一个会意的眼神，很明显，故事中的这一逐步升级的情节将是整则趣事的戏剧性关键。

“接着说。”德怀尔放慢了语速，好像他正在把所有碎片拼凑起来。

“说说**那家伙**。”班农提示道。

“那家伙看起来糟透了。他穿得很差，所有的五官都挤在脸中间。”

“啊——哈。”德怀尔把最后一口冰凉的意式顺滑烘焙咖啡喝了下去，真恶心。

“然后，他走到我朋友身边，这家伙，他说，你知道，嗨，我是来找你的。他知道她的名字，他什么都知道，接着为他俩各要了一杯饮料。我的朋友这时想，呃，你知道，就像警钟响了一样，这里面绝对有问题，我那时怎么会觉得这个人长得好看呢？”

“**然后呢**？”班农说。

德怀尔此时有点为凯利感到难过，他深知不得不模仿趣事之前讲述时的即兴效果所带来的压力。必须小心，避免添加 / 删减任何多余 / 重要的细节，以免影响故事的最终效果。

“然后呢，我朋友和这个男人坐下来，他们来了一整套的，比如说，‘很高兴认识你’这种见面套话，但她一直在想，过去的几个星期，她浪费了多少精力给这个长相怪异的男人发短信啊。最后，她终于说了出来：呃，我真的很抱歉，但你和我印象中那晚在俱乐部时完全不一样。那家伙说——”

班农瞥了一眼德怀尔，以确认他是否全神贯注在听。

“——他说，你说在俱乐部是什么意思？她说，我在那家俱乐部给你的电话号码啊。他说，我可不是在哪家俱乐部认识你的。我们认识，是因为你当时在等夜班车，你在人行道上呕吐，我把你从地上扶起来，你说我是英雄，还坚持要我记下你的电话号码。还记得吗？他那样就好像在说：什么，你等的是别人？”

德怀尔等了很久，终于等来了笑点，当他意识到这就是笑点时，笑点已经过去。“哇，”他说，“太搞笑了。”

班农几乎笑得前仰后合。

“就是说，等一下，有两个不同的人？两个家伙？”

“是的，”凯利有点不自然地说，“我不知道，也许你得在场才行。我是说，我第一次告诉雷的时候最好你也在场。”

“不行，不行，”德怀尔说，“这太搞笑了。”

他们都笑了起来，暂时团结在一起。拥有好心情并与他人分享的感觉真好，不过德怀尔认为，凯利的故事在第三幕的节奏上确实存在明显缺陷。

一种类似斯德哥尔摩综合征的情绪笼罩着弗雷德·哈尼，他再也无法想象这个会议室之外的生活，他觉得自己从来只认识会议室里和他在一起的这几个人。

他可以和克洛伊·戴利结婚并白头偕老，没有问题；他相信菲·泰勒-刘易斯和肖恩·汤森德只要努把力，也能聊到一起。他们四人可以重建某种原生态的原始社会：狩猎、采集、觅食和物物交易。

泰勒-刘易斯在讲话中使用了“惩罚”一词，这把哈尼带回了现在，他与汤森德暧昧地交换了一下眼神，随后他立即移开目光，再次退回到想象的奇幻世界里。

与此同时，汤森德很高兴自己显然不是唯一一个在听到“惩罚”(penalise）一词时会不由自主地想到“阴茎”(penis）的人。他想知道，女人们听到这个词时是否也会联想到“阴茎”。

他试过了，但他根本无法想象泰勒-刘易斯的内心世界会是什么样。她是那种太过正常，正常到有点不正常的人。总之，想象戴利在想什么要有趣得多。

戴利看起来总是很无聊的样子，但这种无聊可以理解。她绝对无法体会汤森德那种彻底的孤独和无聊。比如说，她从未在午后去过工人俱乐部，也从未在工作日的晚上去过脱衣舞俱乐部。这个世界让美丽的人免于最心碎的经历。

也许这样想不对，汤森德觉得，在这个办公室里像戴利这样平淡、机械的职位肯定自有其侵蚀灵魂的方法。

说到这里，汤森德故意不看时间；按照他的生物钟，起码已经过去半个小时了。他一直拖着，这样有个可以期待的东西，他想再等十分钟、一刻钟后再看时间，看看会议进展有多缓慢。

早些时候，当卡罗琳·罗什福尔闯入房间，泰勒-刘易斯说他们还有一个小时的预定时间时，汤森德难以置信地看过手表。他相当自信，甚至**百分百肯定**，从那时起已经过去半个多小时了。

他又看了看表，沮丧地发现实际上只过了十二分钟。这意味着，无论多么不可思议，他还要忍受四十八分钟的会议。

决心至少要挽回一点这死气沉沉的时间，汤森德双击笔记本电脑的触控板，将显示屏朝自己稍微倾斜了几度，在电脑操作系统被唤醒前的那一刻，他在待机模式显示屏毫无生气的黑面板上看到了自己悲伤的倒影。

启动登录屏幕并输入密码后，汤森德确保笔记本电脑处于静音状态，并不经意地扭头检查了自己的左右两边，现在他放心了，屏幕上的内容只有他自己能看到。

汤森德绕过了一切合理的防范措施（而这种越界行为本身就是一种犒赏），在泰勒–刘易斯继续说话的时候，一直点着头。他已被一种压倒一切的冲动给控制住了，他在网页浏览器中打开了一个隐身窗口。

没有人在看你的时候，你是谁？或者，当你以为没有人在看你的时候，当你相当确定没有人站在你的身后时，你是谁？又或者，在看得到你的电脑屏幕的范围内没有人时，你是谁？

当然，你以为自己总能知道是否有人在监视你。如果房间里有个侵入者，你会立即感觉得到。

虽然肖恩·汤森德的办公桌位于办公室的一个角落，别人根本无法看到，但他已经在不知不觉中被严密监视了几个星期，甚至几个月。为什么他有可能被解雇，而且不会有遣散费？因为他在上班时间用公司的笔记本电脑浏览色情网站。

吉吉·帕拉斯仅在本周就记录了汤森德在公司内的色情消费时间总计将近六个小时，即每个工作日他有八十多分钟的时间花在了观看抖动、拍打和扭动身体部位上。

帕拉斯注意到汤森德最近在看的一些有趣的作品是：《四十五

分钟尽量不射精挑战》《继女为继父和他的五个肥胖饥渴朋友口交》《我的继母被卡在桌子下面，我上了她》《大胆宿舍》《大胆黑檀宿舍》《大胸军嫂的寂寞》《捷克桑拿浴室》《人妖回忆录》。

更不用说大多数视频似乎不仅是非法上传，而且还是在违反原版权持有者许可条款的情况下进行访问的，汤森德观看这些视频很容易被归类为违反了 PT&P 的“有损环境政策”，构成了“可解雇的不端行为”——这意味着，如果帕拉斯愿意，他可以让汤森德被开除。

当然，这里还有很多问题：

第一，帕拉斯如何能实际证明汤森德观看过这些视频，而不至于牵扯到他自己和他的个人监视项目？

第二，办公室是否有正式的投诉登记程序？在帕拉斯的记忆中，他从没见过这种程序。（如果是在其他公司，他可能会向人力资源部门投诉，但是在这里，他知道，他只会得到卡罗琳·罗什福尔的鄙视或嘲笑，或者两者兼而有之，另外可能还会收到汤森德父亲的恐吓邮件，因为……）

还有第三个问题，那就是老汤森德先生是 PT&P 的最初创始人之一，他在公司董事会仍然占有相当重要的位置，虽然由于最近的一场疾病，他在公司的存在感变得越来越虚幻。

（此外，我们还是不要讨论第四个假设性问题了：帕拉斯是否真的希望看到汤森德——一个他几乎无法忍受的人——丢掉工作？）

不过，同事在工作中打飞机显然不能置之不理。采取行动才是一个好人应有之义。可是，在这种特殊情况下，他应该采取什么样的行动呢？

经过几周的深思熟虑，帕拉斯决定亲自处理这件事，正面应对这个情况。毕竟，如果他不执行公司的规章制度，还有谁会执行呢？

他的新计划是今天剩下的时间里要一直监视汤森德的用户界面，如果有必要的话，监视会持续到下周。然后，当汤森德不可避免地在下午观看成人视频时，他就告诉汤森德，公司的安全系统在他的笔记本电脑上检测到了恶意软件或间谍软件。编造一些合理的、听起来像是反病毒的谎言，就他的浏览习惯跟他进行一次严厉但委婉的谈话。来一次小型干预。不要大动干戈，不要来什么不必要的戏剧性场面。只是一场对话，成年人之间的对话。

山姆·温特正在绞尽脑汁地填写半年度绩效评估表中的自我评估部分，现代职场中“工作”一词的定义本已不甚清晰，现在让他更觉糊涂。

这纯粹是做样子，合法地走过场，是一项对现实世界毫无实际意义的任务，温特通常尽量避免对这种事情过于愤世嫉俗，但是，拜托。

如果这种表格的内容占用了我所有的时间，那我的生活该怎么办？温特想。一系列类似的沮丧想法很快在这个初始念头的背后涌现出来，温特将思路拉回到手头的工作上，成功地将这些想法阻挡在外。

绩效评估表上写着："你可以为自己设定哪三个目标，以确保自己在未来六个月内取得进步？"温特在读问题时嘴唇动了动，然后又反复阅读了好几遍，以推迟实际回答问题的时间。

他在办公桌下脱下休闲鞋，让穿着袜子的双脚透透气，然后打了个哈欠，把两只胳膊笔直地伸到前面。

仔细想想，此时还真不错。现在是傍晚时分，一天快要结束了，周末即将来临。外面，天气看起来不错。听，乌鸦在树上叫呢。

旋转瓶游戏，蒂娜·克拉克家，二〇〇一年的一个星期五晚上。凯特·巴切尔德十二岁。

凯特·巴切尔德之所以受到邀请来玩游戏，是因为米奇·沃德尔的妈妈会在凯特妈妈上晚班或上连班的晚上照看她（有时情况相反，如果米奇·沃德尔的妈妈要上班，那么米奇放学后由凯特的妈妈接回家照看）。由于母亲们的安排，米奇今晚去蒂娜·克拉克家玩的邀请，凯特也得到了。米奇的母亲会在七点三十分来接他们俩。

重要的是：小巴切尔德爱上小沃德尔已经好几年了。她喜欢他那长长的睫毛，喜欢他那略显稚嫩的男孩肩膀，她甚至喜欢他做那个双关节搭便车的拇指动作；那个动作如果抽象地看，她觉得很恶心，可他做起来却很特别。她生活中最快乐的时光就是和妈妈还有米奇一起玩豆豆宝宝，一起看周五晚上的电视。不过，最近他们之间的关系越来越疏远，凯特认为这是他们青春期彼此都害羞的表现。

在学校里，凯特几乎从不和米奇来往，也不和蒂娜·克拉克等人来往，她的大部分午餐和课间休息时间都是和威瑟斯老师在图书馆度过的。凯特觉得这样很好：她喜欢看书，学校图书馆里有全套的《甜蜜谷高中》，书中对青春期生活的戏剧性模拟，对她来说应付社交绰绰有余。此外，威瑟斯老师笑容可掬，态度温和，凯特总是可以向她倾诉。

参加蒂娜家的聚会让凯特兴奋不已，可是她觉得自己像个跟班。她想，如果我尽量少跟人有目光接触，那我就好像根本不在这里一样。

她坐在地毯上的旋转瓶游戏圈里，旁边是米奇，而米奇整晚都没有看她一眼。蒂娜父母家那间半装修的地下室的地毯上有一些毛茸茸的小绒毛，跟学校里的地毯一样——聚丙烯圈绒地毯。明年，PT&P 新设立的办公室也会铺上这种地毯。凯特不禁汁意到，其他几个男孩一直在取笑她，她很快想起威瑟斯老师曾安慰过她的一句话：欺负人的往往是那些家庭生活最悲惨的孩子。

不管怎样，她还是很高兴能玩这个游戏——哪怕只是作为一个旁观者，老实说，她更喜欢这样。蒂娜家的大人都在楼上，房间里弥漫着荷尔蒙的放纵气息。背景音乐播放的是《现在这就是我说的音乐！》第四十九期的第二张大碟。凯特不由自主，脸上露出了最幸福的笑容。

女生中，蒂娜旋转酒瓶的次数最多，她已亲吻过麦克斯·博德利、萨夫·斯宾塞和威尔·西姆斯，除了米奇，这就是在场的所有男生了。查丽·帕特里克吻过萨夫·斯宾塞两次。艾莉森·菲尔斯吻过麦克斯·博德利和米奇，而最后这个吻几乎伤透了凯特的心，但她知道要开心地接受。

每次轮到凯特旋转时，她都会拒绝。她看到了所有男孩看她的眼神，而且老实说，她知道如果她转了，瓶子就会落在威尔·西姆斯身上，显然他是地下室里最不起眼的求爱者，也正因为如此，可能是她最应该选择的人，可她不希望自己的初吻和他联系在一起。

现在，女孩们都已转过了，轮到男孩们了。麦克斯·博德利第一次旋转，瓶子朝向米奇——大家都笑了，说麦克斯是同性恋。他重新旋转，瓶子对准了艾莉森·菲尔斯。他们用舌头接吻。这一幕让所有的孩子们既感到厌恶又被深深吸引，他们欢呼、尖叫——蒂娜不得不对他们大喊闭嘴、闭嘴、闭嘴。

轮到萨夫·斯宾塞转了，瓶子对准了凯特。他向她投去真诚而仁慈的一瞥，然后二话不说，重新旋转。这回瓶子对准的是查丽·帕特里克，他紧张地在她紧绷的唇上啄了一下。

接下来是米奇。凯特并没有大胆到主动希望他的瓶子旋转后会对准她，她只是希望瓶子不要对着蒂娜，她肯定对米奇有意思，很容易就能把他抢走。

现在，瓶子正在旋转——凯特的幸福完全取决于纯粹的、无加权机会的轮盘赌；如果真有上帝，她祈求他能干预一下。

令人难以置信的是，上帝真的介入了。

在这一切发生之前，凯特就明白它会成真——没错，这瓶子，它正在减速；最后一圈，现在它已经转完了，是的，是的，它正对着她。

“哦，我的天啊！”“等着全班都知道吧！”“亲，亲，亲。”

米奇看着地下室里所有的人，只是不看凯特。几秒钟过去了，犹豫不决的时间很长。凯特确保自己放松、随意，以免她对他那最初的爱会过于明显而惊动米奇。他还没有侧过身来主动吻她，但也没有向前倾身重新转那只瓶子。

麦克斯、萨夫、威尔、查理和艾莉森一直在喊“接吻”，蒂娜让他们都闭嘴。

凯特学着《甜蜜谷高中》主人公杰西卡·沃克菲尔德的自信（但她很小心，不让自己自信过了头，因为这往往是杰西卡的致命伤），向米奇靠拢，脸微微上扬。

“闭上眼睛。”米奇指示她道，仍然眼望别处，而她照做了。

双眼紧闭，眼前一片漆黑。

威尔的声音响起：“我靠。”

首先，她意识到有唾沫吐在脸上；接着，她感知到唾沫吐在脸上的这一意识；然后，由于肾上腺素引起的延迟，她才听到米奇的口水吐在她脸上的声音；最后是一阵青春期的集体笑声。

在她想到要睁开眼睛之前，她已装出一副自己也在开玩笑的表情，好像在说：干得好，米奇；好像她只是讽刺地承受着她这可怜而卑微的生命中最严重的羞辱；好像在说：谁，**我吗**？好像在说：你以为你会让**我**的希望破灭吗？**非常**有趣，米奇。你想得美。

她的眼睛仍然紧闭着，辱骂声环绕着她。房间里的声音都模糊成了一个声音：“吞下唾沫”“直接命中”“蠢婊子”“真是头母牛”，更多的新的口水从不同方向吐来，落在她的脸上。

不过，米奇的声音被圈在声音之环的中心，他的声音里有满满的讽刺：“还指望我会亲你。你太丑了。”

凯特闭着眼睛，全神贯注地听着，装作毫无察觉，一点也没注意到的样子，而这可能只会让其他孩子更生气、更刻薄。她的策略是保持开心的微笑，简单而优雅地忍受这一刻。这样子仿佛持续了好几分钟，也许，实际上的确如此。

没关系，这很自然。说实话，这是她应得的：他们看到她太过欢乐的样子，现在他们必须把她拉回现实，重新确立她的象征性地位。人们厌恶懦弱和丑陋，而凯特现在记住了自己就是这两种东西。今后她要时刻警惕，再也不要忘记。

当她重新睁开眼睛时，其他人都已散去，分成了几个更小的圈子。她茫然不知所措，甚至都没想过要哭，直到米奇的妈妈把她送回家后，直到她告诉妈妈她玩得很开心；直到再晚一点，妈妈跪在她床边，为她掖紧被子准备唱晚安歌时，她并没有像往常一样开始唱歌，而是高声问她：“凯蒂，亲爱的，你和朋友们出了什么事吗？”

虽然这肯定不是发生在凯特身上最糟糕的事情，但不知为什么，在将近二十年后的今天，这仍然是最令她意气消沉的一件事。在她的生活中，母亲的喜怒无常、父亲的再婚……许多事情她都已经释怀并忘记了。但是，尽管过去了很久，这段记忆仍然在她的脑海中挥之不去。这仍然是她思维地图中最熟悉的地标，循环往复总在那里，也许是因为在那一刻，生活一下子给了她许多最残酷的教训。

她没有鄙视任何涉及此事的人。她不怪他们，他们那时候都只是孩子。离奇的是，艾莉森·菲尔斯现在是一名护理员，是照顾凯特母亲的工作人员之一。

最近一次周末探访时，凯特在长期精神健康机构的接待区遇到了艾莉森。“你妈妈经常提起你。”艾莉森说。她的脸变大了，但仍然保持着小时候漂亮的五官，那效果就像她童年时的面容淡化成一张普通成人的面容了。

“你也是，”凯特说，“她觉得你很棒。”

“怎么样？”艾莉森说，“你——”她在脑海里拼命搜索，然后笑了起来，“嗯，你这些年过得怎么样？”

凯特对此又能说什么呢？

休息区，肖恩·汤森德独自一人坐在那里，拇指和食指夹着一把勺子摇来摇去，看起来勺子像弯了似的。

“我能打扰你五分钟吗？”现在他不再是一个人了。吉吉·帕拉斯伸长脖子，在休息区这个没有门的门口探头探脑。“去我的办公室好吗？”

“我正在完善一种艺术形式。”

“我们得谈谈。”

“省点事，就在这里谈吧。”

帕拉斯的肩膀，然后是手臂、躯干、腿和脚，都跟着他的头进入了这个区域。“私人事务。”

“那我们约在下周吧，一对一，好吗？”

“现在更好。”

“非谈不可吗？我在菲·泰勒–刘易斯的会议后头疼得厉害。”

“很快的。”

“你确定不能等等吗？”

语气有点严重：“已经四点半了，我得在下班前注销昂特金的笔记本电脑，所以不能。”

汤森德叹了口气，打了个哈欠，仍然在弯着勺子：“那个本该代替昂特金的女孩怎么样了？那个红头发？”

“红发女郎”是汤森德在成人网站上最常用的搜索词之一。帕拉斯现在听到他说这个词就感到难堪。

“我听说她精神有问题。”

“听起来差不多。”汤森德对着椅子放了一个闷屁。他站起身，看来要重新安排他一周工作中的最后一小时了。“好吧，”他说，“让我面对现实吧。”

现代办公室的气氛在一天当中的任何时候都不如最后一个小时那样像学校课堂。即使你无事可做，也不能起身离开，这太没道理了。

克里斯·纽兰今天傍晚真的可以早点回家，他想对他旁边的佩里·艾弗里这么说，可他没有，因为艾弗里看起来还在努力工作。

从某些方面来看，你可以令人信服地认为，纽兰已经格式化了自己的整个性格，能够忍受这种只是坐在这里，任凭宝贵的生命时光从他身上流逝的感觉，好像这些时光没有任何意义一般。但他现在想，这的确有意义，他意识到自己在过去的几分钟里一直在屏住呼吸。必须得有意义。

弗雷德·哈尼想去看看克洛伊·戴利，便佯装要再吃一块亨利·昂特金留在休息区的糕点，这样可以路过她的办公桌。他转过一个角，看到她正和马特·梅纳德说说笑笑。哈尼便转身走开，却听到梅纳德故意大声说道："反正你要小心那个老弗雷德·哈尼，他是个讨厌的家伙。"

哈尼又回过身来，加入这种老套的玩笑，自尊心的最后储备也消耗殆尽："喂，我听见了。"

"抱歉，弗雷德，"梅纳德说，"我们说你的坏话，被你听到了。”

“那好，哪里坏？”弗雷德说。

“你是说你？”

“你不会想知道的。”戴利说。这种玩笑类似于庸俗滑稽剧。

“别耸肩，快说吧。”

梅纳德说：“我们觉得你不是什么好东西。”他第二次耸耸肩。

戴利坚持说：“是个无赖。”

“听起来就是我啊。还有呢？”

戴利说：“没了。”

“就是一个随意的星期五下午，彻头彻尾的——”

“有什么新闻吗？”

“没有。”

“你们俩有谁在哪儿见过亨利·昂特金吗？”

“早些时候见过，”梅纳德说，“但有一阵子没看到他了。”

戴利坐在办公椅上，滑动椅子的脚轮回到办公桌前，查看笔记本电脑上电子邮件里的全公司共享日历。“他和吉吉定于五点注销他的笔记本电脑，也就是说，他还在公司里。”

“厉害厉害。”

“你打算来一场盛大而激动人心的告别仪式吗？”梅纳德说。

哈尼想，梅纳德为什么要在这里？他只是个跑龙套的，却在故事中占据了主要位置。“我猜是吧。”

“不能一辈子都靠猜测，弗雷德。”梅纳德从不放过一次机会，次次都能印证哈尼对他的坏印象。请注意，即使他正常地微笑时，脸上的表情也几乎没有变化。

哈尼曾考虑过以某种方式回敬梅纳德，让他也出出丑，可他在这次谈话中的个人投入程度已经显著减弱。再说，在办公室政治中，下属取笑上司属于交战规则中的一个灰色地带。现在，他真的有点想吃一块糕点了。

“得了，你们俩别惹麻烦。”哈尼说，小心地掩饰他私下里对这次互动失败的失望之情。

“哦，我们不会的。”梅纳德用一种令人难以置信的友好态度说道。

哈尼走到休息区时，十来张桌子外都能听到戴利那一串串笑声。

肖恩·汤森德在销售生涯中学到，两个人一对一会面时，谁先主动开口，在随后的互动中便会落下风。因此，在吉吉·帕拉斯的办公室里坐下后，他一直沉默不语。

他假装不知道是怎么回事，尽管他非常肯定自己知道这到底是怎么回事。他十指交叉放在膝盖上，随意地环顾着这间天花板低矮、窗户狭小的地下室房间，其实什么也没看进去。帕拉斯坐在对面，只是啪嗒啪嗒地敲打着他的笔记本电脑。

帕拉斯桌上，除了一个吃了一半的奶油芝士面包圈外，没有任何与这儿不符的东西。汤森德想象帕拉斯的家庭生活，一定寒冷、无聊、暗淡，他家准像间博物馆：纪念盘、收藏的各种小雕像，储物柜里装满了不能碰的物品。

帕拉斯的双腿在办公桌下不停地抖着，听起来就像两只狗在不出声地交配。汤森德最近刚看过跟这一模一样的视频片段。就连他坐在办公桌前的姿势也让人讨厌，他那挺得笔直的身体，像个弹钢琴的。

对帕拉斯来说，现在的问题是他不知如何开口，所以他只好坐在这里假装忙于操作电脑，等着突然想到该怎么说再说。

他为汤森德感到遗憾，他的欲望被商业逻辑所塑造并放大，受到掠夺性算法的影响，这些算法在你自己都不知道自己想要什么之前就向你展示你可能想要的东西。汤森德想要与冰冷的现实隔绝开来，希望缓解时间流逝带来的紧张感，他对此深有同感。

然而，这种事情该从何说起呢？什么样的开场白才能让他们进入他们需要讨论的问题？也许他应该什么都不说，让汤森德自己说。

他坐在行政人员的高级真皮靠背椅上，转向汤森德，双手合十，搁在嘴唇上。他停顿了一下，然后让停顿继续。汤森德在座位上轻轻动了动，把胳膊肘放在扶手上。两人都认为自己可以永远坐在这里，直到对方先开口说话。

凯特·巴切尔德准备下班。她把笔记本电脑放在周末储物柜里，穿上大衣，戴上帽子，没有特定目标地对着同事们大声说了句“再见”，就走了。马特·梅纳德看着她离去的背影，思忖着，在他看来，戴帽子的女人往往不太适应现实。

保洁员开始了每周一次的大楼清理工作。除此之外，二楼会议室、一楼会议室、门厅和食堂都已没有生命迹象。

当你合上眼睛，一天又过去了。

看到你的同事们鱼贯而出离开办公室，回到附近的家中。又是一个普普通通的周五晚上。

弗雷德·哈尼从二楼的窗户向外望去，什么也看不到，还有一个小时太阳就要从商业园区的上空落下。

他回到亨利·昂特金的办公桌前，桌子还没有清理。最后一天昂特金会等到下班后才清空办公桌，这太像他了。

哈尼想从裤兜里掏出智能手机，他的手摸到的是平平的大腿外侧，这才想起，他把手机落在了楼下自己的办公桌上。在等待昂特金的过程中，周围没有任何可以让他分心的东西，这让哈尼感觉很被动，像个新娘。

昂特金的办公桌上摆放着一些新奇的物品：毛绒动物铅笔包、多色文具收纳盒、假花环。这些物品，它们批量生产，努力给消费者带来愉悦，哈尼为它们感到相当悲伤，简直难以忍受。他合上眼睛，马上又睁开来。

现在，他的双眼正在扫读昂特金的告别贺卡，贺卡没有放在信封中，而是竖直摆放在他的收文托盘旁。保持联系——弗·哈·。

昂特金迈着缓慢而沉重的步伐走进来，穿过房间时，哈尼正在阅读贺卡上其他情感更为外露的留言。

“弗雷德？你好。”

哈尼从卡片上抬起头，他本来斜坐在昂特金办公桌边沿的，立马站了起来。这已是昂特金的前办公桌了。“亨利。我今天还没见到你。”

“哦，伙计，”昂特金半喘着气说，一只胳膊撑在他以前的办公椅背上，“结果搞成了**这样**：我的离职面谈一直拖拖拉拉，吉吉本应该注销我的笔记本电脑的，可是他的办公室里传出一些奇怪的声响，所以我就把它放在了他的门外。然后，我还得给一帮人培训一些除我之外根本没人懂的流程知识。”他用沉重的手理了理学生头般凌乱的金发——不完全是金色的，而是很浅，看起来几近透明。

“嗯，所以你才这么宝贵啊。”哈尼说，他很喜欢昂特金像只熊猫般温和的样子。

“不过，你在这里工作的时候，他们可从来没有意识到你的价值。”

“没错。你要去哪里？”在这个问题说完之前，他已经想起了答案，便又加上一句，“布莱维曼，对吧？”

“不，事实上，我只想在林间隐居。”

“你知道外面哪儿还在招人吗？”

昂特金笑了。“是的，布莱维曼。没错。”

“顶级联盟啊。”哈尼说。

“这当然提升了一大步，”昂特金说，然后意识到自己的措辞，“倒不是说——”

“不不不，我明白。”

“——因为 PT&P 是一个很好的——”

“它是——”

“——很好的公司。”

哈尼耸耸肩：“我刚才在想，我以前的女朋友总是说这个地方让我很痛苦。”哈尼的脸上流露出一丝表情。他和昂特金之间之前最私人的一次谈话是有一次他们讨论电影。

“是吗？”

“是啊。”

“有多悲惨？”

哈尼左右摇晃着脑袋：“相当惨。”

“嗯，你今后肯定还会有更糟糕的经历的。”昂特金说。

“相信我，我曾经也经历过更糟糕的事。你会想念这儿吗？”

“我会想念这里的人。”

“人人都这么说。”

“并不代表它就不真实。”

“是啊，他们也这么说。”

“当然如果我听说布莱维曼有任何职位空缺的话——”

“你真好。”

谈话顺理成章地结束了。

“无论如何，还是要恭喜你。”

“谢谢，”昂特金说，“谢谢你还特意过来。”

“不算什么。”

“那好。”

两人握手，昂特金的手有吉祥物的手那么大，然后他们各自后退一步，松开手来。这一刻让哈尼有点伤感，他试着想象在这种情况下应该如何行事。

“弗雷德，一切都会好的。”昂特金微笑着说。

哈尼把手伸进口袋。他会想念昂特金微笑的模样。当他开玩笑，甚至只是在听别人说话时，笑容会在他的脸上停留很久，就像面团上挤出的一个洞，很久才消逝。“保重，亨利。”他说。

下楼梯时，血直往哈尼头上涌，或者感觉像在往头上涌。他的脸变得既闪亮又麻木，他觉得双眼后面有一种欲哭的压迫感。他在栏杆上靠了片刻，等着这种情绪消退。

周末开始了。他从楼梯间走出来，进入一楼的主要工作区。他想到了接下来的所有周末，然后又想到在这些周末之前还有许多漫长的工作日。他生命中的每一个小时都在一成不变地投入宇宙时间表中，而这些时间的代价只能由他自己来承担。

站在办公桌前，他想起了从认知行为疗法中学到的一种应对负面思维的技巧——他观察自己的灾难性思维，并给它贴上标签：只是噪音，只是文字。

想象一下安慰。他对自己说。

想象一下接受。

现在想象没有一丝遗憾。

现在想象一个简朴的家园，里面住满了你爱的人。

现在想象走出户外，置身于夏日宁静的草地上——想象你的脸沐浴在阳光下。现在想象周一的早晨，你乘坐私人或公共交通工具去上班。你到得既不早也不晚，一切都非常准时。如果你愿意，你的智能手机上有许多有趣而充满爱意的新信息等着你阅读，而你也确实这么做了。天气正是你想要的那种天气，你穿着自认为穿上它你最好看的衣服；你手里或许端着一杯你最喜欢的清晨饮料——你走进办公室，你的同事们都很高兴见到你。他们微笑着热情地向你问好。欢迎回来。

可预见的将来

“好吧，这次是真的好了。”朱莉娅说，她的脸部图像比她失真的声音迟了半拍。我们在视频通话，只要她移动智能手机，声音和图像就会不同步。“我能感觉到。”

“好吧，”我提高嗓门说，仿佛这样能让声音在如此微弱的信号下传输得更清晰似的，“如果再次断开，我就给你打电话。不然的话，我们老是把意思弄混，造成误解”。

朱莉娅母亲家中的网络信号频繁中断，通常是在她说话说到一半的时候，简直像是为了制造戏剧效果。这是今晚我们第三次视频通话，也是在短短几个月的时间里我们的第三个“视频”通话之夜。我和朱莉娅疏远已经将近四年了，自从去年春天我们在城里邂逅以来，我们一直保持着稳定的电子邮件和短信来往。

今天是星期五，尽管在新的时间观念中，日子的名字并没有它们本来的含义。“最近怎么样？周末有什么大计划吗？”

朱莉娅笑了，我也感受到了她的笑声。“据说明天会有一次超市朝圣之旅。”

“我很羡慕，”我说，“我这周已经完成一周一次的采购了。”

“你知道，只要你想，你还是可以随时买菜的。这又没有被禁止。”

“我妈可不这么看。”

“啊哈，你妈说什么就什么吧。”

我清了清嗓子，又清了一次，然后咳嗽一声。“没错。”

朱莉娅和我开始使用 Facebook 视频通话是在疫情刚刚开始大流行的时候。我们视频时聊的大多是平凡庸俗的话题：我们错过的便利设施啦，我们看过的电影啦，我们因共同朋友而延伸的世界啦。我们很少直接谈论病毒，也很少谈论和平时期为遏制病毒传播而采取的史无前例的措施。当然，病毒在我们的谈话中占据主导地位，不过它不是谈话的主题，而是谈话的潜台词和基础，是我们通话的根本原因。

朱莉娅问我今天做了什么，我说和往常一样，写作。我用同样的问题反问她，她闷闷不乐地回答：“只是在充分利用我被强迫执行的闲暇时间。”她问我这里是否在下雨，我看了看窗外，回答说没有。

这是初夏傍晚时的一个魔幻时刻。我坐在书桌前，双脚搁在书桌上，从身边的窗户可以俯瞰我父母家花园上空一层楼高的天空。

窗外夕阳西下，将我的卧室映照成草莓金色。我注意到在手机屏幕上，这种光线的渲染远没有那么复杂，不过是金黄色而已。

“这里真的在下雨，”朱莉娅说，“你那儿很快也会下的。”

“不，谢谢，”我说，“你留着吧。”话已出口，我才意识到，自从和父母住在一起后，我开始经常说这种又俗套又无聊的笑话。我赶紧说：“那么，你有什么新鲜事吗？”

“基本上没有。我几乎什么也没——”

朱莉娅说话的时候，我喉咙里微微有些发痒，本以为轻轻咳一下就好，但这一声咳嗽却演变成一连串的大声咳嗽，在这阵咳嗽之后又接连咳了好几次。

“你没事吧？”

“嗯，嗯，”我有点上气不接下气，“你刚才说什么？”

“没什么。我说我**实际上**什么都没做。”

“那很好啊。”

“不好，”朱莉娅摇了摇头，屏幕上一盏客厅落地灯在她身后闪现了一下，“一点都不好。我妈就不让我一个人待上五分钟。”

“我深有同感。”我说。

我和朱莉娅的共同之处除了曾经约会过以外，还有目前都暂时失业，最近又都搬回了父母家。

诚然，我是在疫情前几个月搬回家的，目的是省下房租以免透支，而朱莉娅则是在疫情爆发期间迫不得已搬回家的。在她失业的第二天，她的室友，也是她姐姐的一个朋友，把她赶了出去，因为她的室友通过交友软件结识了一个新男友，她想和这个男友确定关系，成为情侣。

自从暂时失业后，我白天忙于写作，晚上则和父母一起看热门电视剧。我不喝酒了，但是对他们放在家里的罐装苏打水上了瘾。

听起来，朱莉娅日子并不好过。她压低声音继续说道："老实说，这简直就是噩梦。她不是要我烘焙和做饭，就是指责我总是在吃东西，再不然就拿我和我姐作比较。"她装出一个鼻音很重的刻薄老女人的腔调说：**"你不想结婚吗？你不打算要孩子吗？"**

"你就不能把自己关在房间里吗？"

"不行，因为那样她就会知道我不开心。而她知道我不开心的话，"我注意到朱莉娅说话时手机离脸越来越近，"她就会变得更**黏人**。然后，就在我以为她不可能再更黏人的时候，她总会找到某种方法，比黏人更烦。比如有一天，我告诉她我想自己一个人出去走走，但是我回来后，她让我觉得内疚，最后我只好陪她看了一个小时的老照片，仿佛我们必须弥补刚才分开的时间一样。"

"天哪，是啊，我也有同感。"我说。其实这根本不是真的，我父母特别体贴，总是留给我足够的个人空间。

"一想到只有在相距四小时的火车车程时才能爱她，我觉得好沮丧。”

“所以，你不是特别喜欢回家？”

“不是特别喜欢。不喜欢。你呢？”

“哦，我啊，我觉得挺好。”

“而且，你已经在家里待了有一年了吧？”

“不不，”我磕磕巴巴地回答，“好像没那么久吧。”我不寒而栗，这时才意识到，我住回父母家的时间几乎正好一年了。我在心里一直是四舍五入从疫情居家时开始计算时间的。“等等，不，是的，你是对的。一年。甚至还不止一年。”

“再过一年你才可以出门！”

“哈哈，”我极为平淡地说，“不过谁会数日子呢。”

“不会真的再要一年的。”朱莉娅说，似乎是在安慰我们俩。

“是的，我知道。”

“但肯定还要等上几个月。”

“没错。”

“时间这东西真是奇怪啊，”朱莉娅说，“因为，很难说清楚这种情况已经持续多久了。你有没有发现，现在周末似乎来得更频繁了？”

“是的，”我说，“我确实有这种感觉。”不过，当时我很难准确表达出这次疫情到底如何改变了我对时间流逝的感觉。

如果我当时把它写下来，我可能会写道，每天密集发生的改变世界的事件，再加上相对稀少的个人日常微观体验（这些微观体验曾经决定了我们的生活节奏），导致我们对时间的集体感知同时既收缩又扩张。现在，几个小时感觉像几天，而几天像几周，但是不知怎么回事，同时又觉得几个月不过就是几周而已，而几周则像一个漫长的下午。刚刚过去的事似乎发生在遥远的从前，而未来却被无限期地推迟。我们被困在了永恒的当下。

政府官员们每晚在电视和各种视频媒体上实时播报疫情简讯，加剧了这种怪异的非时间感。发言人谨慎地避免提及任何具体时间范围。相反，时间被重新分类管理，简化为“在此期间”和“可以预见的将来”。时间这两个模糊的暂时定位仅指非特定的现在和最接近的未来，超出这些有限时态的任何事情都被纳入非时间范畴，永远不会存在。

让我们回到叙述时间。朱莉娅转移了话题：“还有什么别的吗？你最近读了很多书吗？”

“是的，”我说，“主要是经典作品。”这听上去有点做作，但实际上是真的。我可以说是在彻底重读我在读大学文学专业时最初阅读过的经典小说的评论版，还有一套从小组讨论课复印的辅导教材的课程大纲，几乎全是入门级的弗洛伊德或诺顿文学选集中的选本。我父母在我毕业后把这些东西打包装到纸箱里，扔到阁楼上。

我随口说了一些最近读过的书目，还有一些一直想读但还没读的，然后用这个问题回问她。

“你听了别笑，我妈让我读一些很差劲的书，比如家族故事什么的。”

“听起来一点也不差劲。”

“天哪，如果你觉得不差劲，那显然是因为你没读过。说实话，我真是不好意思，竟然对这些傻瓜的愚蠢生活读得如此投入。”

由于极度孤独，我笑得很夸张，都笑出了双下巴。我注意到手机屏幕上通话窗口里我的样子，突然止住了笑。

在笑声过后的沉默中，我的思绪又回到了我目前的生活状况这个令人痛心的话题上：这是我童年生活的成人模仿秀。我大多数时候都尽量不去想它。

我想知道，弗洛伊德会如何看待我倒退回我多年前就应该退出的家庭角色呢？我本该在十几岁长大时就离开父母家独立生活的，现在却住回家里，弗洛伊德会如何看待我的失败？据统计，与我同龄的成年人与父母同住的可能性远远大于与恋人同居的可能性，他又会如何看待这一事实呢？

我把智能手机靠在台灯上，用手掌揉了揉眼睛。

“你在想什么？”

“没什么，只是在——”我偷偷咳嗽了一声，“有点累。我最近超级累。”

接着我又爆发出一阵干咳，等我止住了咳嗽后，朱莉娅瞪大眼睛说：“哦，天哪，开个玩笑啊，你觉得你得了吗？”

“我没有发烧。”我说。我十分了解这个病，很多个夜晚我花了很多个小时在各种病毒论坛上浏览，发现不同患者的症状差异很大，并不是所有咳嗽的人都会发烧，也不是所有发烧的人都会咳嗽，很多人根本没有察觉自己得了这个病就已康复。

这并不是说我觉得自己没有感染病毒，相反，我已经自我诊断为感染了病毒，而是说，尽管最初的感染率模型预测全国约百分之八十的人口最终会染病，但把自己算作感染者之一似乎还是有些夸张。“我肯定我没事，”我说，“这几天都这样，到了晚上还更严重。”

“是啊，如果这病会要你的命，早就要了。”朱莉娅说。她的头脑十分清醒，我很欣赏，尽管网上多篇预印本流行病学案例研究直接驳斥了她的说法。“你感觉还好吗，能继续说话吗？”

“能。我好得很。”

“很高兴你好得很，”她微笑着说，打了个哈欠，“我也好得很。”

我告诉朱莉娅我很高兴她也好得很，然后我从书桌上拿起智能手机，穿过房间，躺在床上休息。

安顿下来后，我大声问朱莉娅，她一直工作的那家昂贵的海鲜餐厅怎么办，因为公共卫生的原因它现在关门了。

她告诉我，这家餐馆的全体员工都被暂时解雇了，未来几个月可以领到五分之四的薪水，但她对整个行业在疫情结束后的恢复情况心存疑虑：“很多中小型餐馆都会关掉。”

当朱莉娅向我介绍餐旅业的未来时，我却迅速从视频通话上移开，刷新我的电子邮箱并发送短信。别人这样做会让我感到震惊，我自己这样做却似乎没有任何不妥。

“你在听吗？你还在吗？”朱莉娅说。

“在。”我只回答了她问题的后半部分。我在多个打开的应用程序中扫了一圈后，继续我们的对话。“对不起，请继续。”

“我只是想说：我之前工作过的那个地方可能不会再重新开业了。”

“那太糟糕了。”我机械地回道，不知道她指的是哪个地方，是和她前男友一起工作的那家餐馆？

“是的，”她说，“但我在那里也交到了一些真正的朋友。”她稍微调整智能手机的位置，手机瞬间定格在她的脸上，引发了另一次视听延迟。“我也不知道。总之，我可能很快就不做厨师这一行了，去做一些更正常的事情。”

“别这样，你是个很棒的厨师。”我向她保证说。对此，朱莉娅回答道：“你甚至都没去过我当厨师的餐厅。”我停下来仔细想了想，发现还真是这样。

“嗯，你给我们做过几次晚饭，早在——”我说。不过，我现在想起来了，那些饭菜最多只是不错的尝试。直到我们分手后，朱莉娅才开始认真研究烹饪。“而且每次都很棒。”我补上一句，可惜为时已晚。

“得了吧，谢谢。”朱莉娅说。

我又咳了起来，想起曾经在网上看到过，咳嗽是焦虑症最常见的身心症状之一，而这个回忆似乎进一步加剧了我的咳嗽。

“对不起，”咳嗽平息后，我说，“我只是想要把那个——”我又开始咳，“——咳出来。”

屏幕上，朱莉娅显得很恐怖。

“你应该看看自己的脸。”我说。

“我能看到自己的脸。”她说。

我在心里默默记住了，要忍住咳嗽，留待下次通话出现信号干扰时再咳。

朱莉娅再次表达了她对我健康状况的担忧，我则完全从我们的谈话中抽离出来，开始在脑海中回顾我最近几次外出时到过的公共场所、最可能接触病原体的地方。

病毒有一个奇怪的副效应，或者说，病毒传播动态有一个奇怪的副效应：它以法医紫外线灯光的强度，重新照亮了许多重叠的人际接触点，这些接触点把我们联结成“公众”这个整体；我们不断交换吸入可吸入的微小颗粒，不断接触别人接触过的表面，又（在接触别人接触过的表面后）不断触摸自己的脸。

握手、垃圾邮件、可回收塑料包装……一夜之间，昔日司空见惯的东西变成了潜在的疾病传播媒介，曾经熟悉的事物如今突然变得恶毒、怪异（用弗洛伊德的话说：“unheimlich”[①]），一种突如其来的新风险。

热门搜索词汇揭示了人们对这些途径的担忧：病毒在塑料上能存活多久？在纸板上呢？什么叫群体免疫？如何追踪接触者？我们能将曲线拉平吗？如果我爱的人遭遇这种不可想象的情况怎么办？我有没有可能因为去超市购物，把病毒无情地传染给了我的父母？

考虑到父母的年龄和相关的免疫力低下程度，我很早就指定自己为家里唯一的日用品采购员——这个家里受委派的成年人。

虽然承认这一点令人尴尬，但正是超市货架上空无一物的空阔灰暗景象，让我第一次感受到了病毒的真正严重性。当我将购物车停在干货货架角落里的那一刻，超物（hyperobject）一般的疫情成了现实，也是在那一刻，我感到疫情与生活中的其他事物相比，其严重程度，其发展速度，都超乎想象。

---

① 德语，通常表示一种不安不舒服的感觉，与恐惧、害怕和恐怖等负面情绪有关。有人将其翻译为“怪怖”。

惭愧，从超市出来后，我感到呼吸急促，不得不靠在父亲的沃尔沃汽车（我为这辆车投了昂贵的临时保险）司机一侧的车门上休息了几分钟。我开始对新近可预见的这一切感到恐惧：供应链脆弱、经济崩溃、死亡人数激增、社会分崩离析。我会在这里窒息而死吗？

我没有在那里窒息而亡。当胸口的不适感被身体其他部位吸收后，我默默开车回家。也不知道怎么回事，当时还觉得挺明智的，我把日用杂货用安全带系在我身旁的前排乘客座位上，口罩拉下来，像络腮胡一样兜在下巴上，密切监测着自己的呼吸频率，半真半假地为死亡做着准备。

“你听到我刚才说的话了吗？”朱莉娅说。

我说：“当然，当然，”接着又说，“没有，不好意思。我在想超市的事。”

“好吧，”她笑着说，“趁你还能想，继续想超市吧。因为很快我们都会——”我们的手机连接超时了，朱莉娅的声音被自动调整，“会”这个字拖长了好几个音节，听起来像机器人在说话，覆盖了她接下来说的几个字，“——像《长路》[①]里的那些变态。”我们的连接稳定下来。“还记得吗，在有食人族的那一章？”

① 指美国作家科马克·麦卡锡的长篇小说《长路》。

“是啊，”我说，“读那部分时，感觉真是太疯狂了。”这是一个善意但毫无意义的谎言。事实上，我只记得在二〇〇九年改编成电影的《长路》中看过食人族的场景，我从来没有读过这部小说，尽管我早已把它列在了我居家期间的想读书目中。

朱莉娅死死地盯着我看了一会儿，我以为她不知怎地发现了我在说谎，紧张的几秒钟后，我才意识到是我们的联系又中断了。

“喂？”我说，然后又重复了一遍，声音更大了；她的脸仍然一动不动。“该死。”

“嗨？”她说，我们的联系很快又恢复了，让我恼火的是，我觉得我对断线的反应过度了。“你——”

“再说一遍？”我说。“你刚才说什么？”没有回应。“你能去信号更好的地方吗？”

“什么？”

“你能找个信号更好的地方吗？”我说着叹了口气。

“当然可以。”说着，她再次移动她的智能手机，视频流交错成一系列定格的脉冲和频闪；“稍等。”我们说着话，她走进了她儿时的卧室，让我得以一窥她卧室的袖珍世界：低矮的老式天花板、手工刺绣的窗帘、《罗密欧与朱莉叶》的海报；描绘着一系列拟人化的森林动物的壁纸饰带。

我想起多年前，在学校放暑假和寒假时各有一周，我曾在紧挨着那个房间的书房里睡过两个星期的折叠床。我夜夜等着朱莉娅敲响我们共用的墙壁，示意我们现在安全了，可以不理她母亲的睡觉安排了。“房间不错。”我说。

“哈？”朱莉娅说。她平躺在床上，举起智能手机，摄像头直直地对着她的脸；这是一个俯视镜头，从拍摄的视角看来，你好像趴在她身上。想到我们俩分别躺在父母家的床上，相隔一百多英里，这还真有趣。

“**房间不错**。”我重复道，四个字的重音相同。“来，我给你看看我的房间。”我说着，将手机的摄像头从面朝脸部切换到朝外，慢慢地侧转智能手机，从床的视角来拍摄我房间的全景，无意中露出了我的双腿全貌。在拍摄了几秒钟后，我才意识到，我的双腿上穿着紧身保暖内裤，过去三天里我一直穿着这条内裤。我赶紧把镜头转回来，露出我的脸。

“你穿的是长内裤吗？”屏幕上的朱莉娅说，她的眼睛和鼻子占了整个屏幕，因为她想看得更仔细些。

“是啊，”我说，“我特意穿的。”

“快到夏天了。”

“这里很冷。”

“也许你应——”她的声音再次变成金属般的刺耳声——“网上购物。”她惊讶地往后一头倒在枕头上。“怎么回事？你能看见我吗？”

“能看到，”我说，“有点像看录像带的感觉。”

“对不起。”

“没关系。”我假装生气的样子，可朱莉娅似乎没有注意到。

她说：“那么，你最近有谁的消息？有什么好消息吗？”

我没有跟朱莉娅说，她本人可能是我居家期间到目前为止听到消息最多的人这一事实，我只提到最近我和鲁丝、泰迪以及其他几个大学朋友一起来了一次 Zoom 视频，消磨了一点时间。老实说，这种聚会总让人觉得是走过场，我们只是为了保持社交活动频率才这么做的。

我担心朱莉娅会因为没有被邀请参加视频而不高兴，但这种担心马上就显得没有必要，因为她说：“但是，尼克，我是问你有没有谁的好消息。”

“奇怪的是，”我说，“你知道吗，鲁丝还问起你呢。”

“是吗？”

“是啊。就前几天。她以为你不理她了。”

“我没有不理她。她说什么了？”

“等等，”我说，“让我找找看，稍等啊，”我的拇指从视频通话中移开，滑向我的短信收件箱，倒退着浏览我和鲁丝的所有来往短信。“好吧，这是几周前的事了。她说：你最近和朱莉娅聊过吗？

我说：聊过。她说：不错嘛。我说：是啊。她说：她怎么样？我说：挺好的。我清了清嗓子，这好像是我今晚第一千次清嗓子了。然后她说：好久没她的消息了，她从来不回我短信。她是正式不理我了吗？我说：我怀疑是的。然后我又补充了一句：我故意的啊，然后我又说：她可能只是工作压力太大了。她说：是啊，但是我们都有工作压力。我说：那倒是。她说：感觉她好像在生我的气，但不知道是什么原因。然后我们又聊了些别的。”

“我没有生她的气。”朱莉娅说。

“我可没说你生她的气。”我明智地说，好像我很懂心理治疗师那一套似的。

“但是，我们已经有一段时间没说话了。我想，也许，就好像，你跟一个人不来往的时间越长，你们就越难重新恢复来往。”

“当然，”我说，“不过，你和我不也是这样吗？这不就是我们现在正在做的吗？”

“我是说，是的，”朱莉娅说，“但也不是。我不知道。这不一样。再说，大学也是很久以前的事了。”她的下一句话听起来是仔细斟酌过的：“有时候，人们就是会渐行渐远。”

这时传来了远处的敲门声，朱莉娅抬起身子，在床上坐直了一点，看着镜头外，声音和脸稍微有些不同步，她叫道：“还有五分钟，妈。”然后又把目光投向我。

我问："你妈妈怎么样？"

"除了烦人，她一切都好。真可惜教会的活动全取消了。你妈妈呢？"

"很好，"我说，"我爸爸也很好。"我又想起担心会把病毒传染给父母的这件事。

"嘿，我想知道——"朱莉娅说，屏幕上她的脸有一刻被压缩成较低分辨率。

我挑了挑眉毛，意思是：请讲。

"你的写作怎么样了？有写完什么新作品吗？"

"没有写完的，也没有新东西。"我心里想着我最近试着在写的几个故事，现在读起来都像无关紧要的时代小品，故事背景设定在疫情之前的轻佻现实中。当我周围的世界在坍塌时，我浪费了多少时间写那种根本没人会看的故事啊。"反正这只是个业余爱好。"我又补充道。尽管我很惊讶自己会这么说，但这的确是事实。

"不过，有爱好是好的。它们能防止你发疯。"

"对。"

朱莉娅说："比如，烹饪的好处就是能让我忘掉烦恼。要不然我就会彻底——"然后她的视频画面黑屏了，我静静地躺在那里，眨巴着眼睛看着我的智能手机。

我说："你还在吗？"只收到一段断断续续、不连贯的回应。

我挂断电话，重新拨通朱莉娅的号码。这回是语音通话，我喜欢这样。我始终无法适应视频通话，始终无法克服在屏幕上看到自己的脸这种打破第四道墙的干扰。我认为，任何谈话中最精彩的部分都是那些短暂的专注与投入，让你忘却自我，并在某种程度上感觉无形。

我把手机的扬声器打开，手机开始拨号时，我把智能手机放在胸前。

“喂？”

“嘿。”我说。

“我不知道怎么回事。”

“你妈妈住在一个信号接收死角，就是这么回事。”

“你刚才说什么了？说你的写作？”

“不，是你在说，说你的厨艺。”

“哦，对，是的，不。没什么。我不记得了。”

“你还等着回去吗？继续当你的职业大厨？”

“不，实际上，就像我之前说过的，我想做点新的事情。”

“啊哈。我不知道……”她说“做点新的事情”时语气有点怪怪的。“等等，你是说你已经有了计划？”

“我想是的，关于我——嗯，我不想八字还没一撇时就把事情搞砸了。”

“可现在你不得不说了。”

朱莉娅笑了：“我不知道。我还真的没有跟任何人说过。”

我本来想接受这个暗示转移话题，可是她又加上一句：“因为这是个大新闻。”我明白这意味着她愿意跟我多说点。

“那好啊，”我说，“说来听听。”

“好吧，是这么回事，”她的声音里透着兴奋，“你知道我姐住在多伦多，而且生了孩子吗？”

我知道，因为朱莉娅几周来一直给我发她姐姐抱着孩子的各种照片。

“好吧，我打算去那里。去多伦多。”

“酷，”我说，“听起来不错。”

“不，我是说，真的搬过去生活。刚开始只是帮忙照顾孩子，但我姐姐的丈——我姐夫说他最后能帮我找份工作。他的公司在夏末肯定会大量招人的，他会录用我去他的部门工作。然后，我就可以在多伦多正常生活和工作了。”

这个消息对我来说太突然了，突然到我真来不及感到不安，那是以后的事。不过此刻，我还知道先不要管我的直觉，而要表现出一副友好且非常感兴趣的样子，我问道：“哇，这——”我的声音因惊讶而虚弱。“你会得到一份什么样的工作？”

“哦，就是行政之类的小工作。”

“那你住在哪里？”

“我姐家的客房里，刚去的时候。”

“你刚才说你会在那里待多久？”

“我没说过。但是，我的意思是，理论上，也许我的余生，我几乎要在那里重新开始我的整个生活。很疯狂吧？”

在过去的几个月里，我默默地、漫不经心地在脑海中有过一些假想，现在它们正在迅速地坍塌消散。“太疯狂了。”

“我得补充一句，这一切都取决于签证。所以我还没告诉任何人。连我妈都不知道。我姐说，在此之前，没必要惹她生气。”

“是的，没错。”我说，只是模糊意识到我在同意什么。

“不过，我姐夫是通过他的公司帮我办的签证手续，所以这基本上已经弄妥了。”

“太疯狂了。”我又说了一次。

“我知道。我只是厌倦了一切都这么悬在半空中，然后我就想：是时候来做点改变了。”她语调一变，声音里带着疑惑：“什么？”

“我什么都没说。”我说，突然间我疑心我们又回到了视频通话状态，朱莉娅能看到我的表情。

“你是没说什么。但你在**想**什么。”

“我？我什么都没想。”我把智能手机向上倾斜，松了一口气，因为我确认了我们通话的方式。“不过，你的计划听起来很棒。”

“很高兴听你这么说。我一直害怕告诉别人。”

“真的很棒。”尽管她看不见，我还是点了点头。

“谢谢你，尼克。”她说着冲智能手机的接收器呼了一口气，我这头都听得到，就像白噪音一样。

长时间的通话沉默。最后，我们同时开始说话，然后又都让对方先说，最后朱莉娅先说。

“我很高兴我们在这整个，你知道，情况期间，一直保持着联系。”

“我也是。”

“因为感觉我们真的已经——”

“是啊。”我说得比我预想的还要快一点，但我很庆幸自己避免了朱莉娅接下来可能会说的任何婉拒的话。“这很好啊。我为你感到高兴。真的。”

“好吧。一切都还很遥远。我是说，离真正搬家还有好几个月呢。”

“没错，”我说，忍不住又抱有一丝希望，“谁知道从现在到那时会发生什么呢？说不定你最后又不去了。”这句话刚一出口，我就有种直觉——就像有透视眼一般确定——朱莉娅和我接下来一段时间内不会再通话了，至少在可预见的将来是如此。

我现在明白了我们最近所有交流的本质：这不是开始新生活的

一种手段，而是结束过去的一种方式。

我努力想找一个不那么戏剧性的好方法来结束这次通话，让我们双方都能摆脱继续交谈的困境。

最后，我们轻松愉快地例行道别，但我敢肯定我俩都并不觉得轻松。这最后的片刻，在我说着道别的话时，它们似乎绵延无尽，可是电话挂断后，我又觉得我们的通话结束得太快了。

新的寂静弥漫在我的房间，似乎还让房间变得更暗了。直到通话结束，我才完全意识到夜幕已经降临。周围没有灯光，也没有雨点敲打我的窗户。

我想了一会儿那些我本该对朱莉娅说的重要的、最后的话。这些想法最终都过去了。

我试着想象她在多伦多的生活，但当我想象多伦多时，我脑海里一片空白。

然后，我感觉自己呼吸的空气太稀薄了，我咳嗽了几声。我的咳嗽似乎加重了，也许是肺里有什么东西发痒，也许只是一种心理症状。

我翻了个身，侧身躺着，智能手机从我胸前滑落，面朝下落在我身边的床上。尽管刚刚才用完手机，我还是感到有一种翻身查看手机的冲动。以前这种冲动总是在几秒钟内就让我屈服了。

我有意识地将注意力集中在这一行为上，我不停地吸气，呼气，吸气，呼气。

很难确切地说到底是哪种冲动吸引你一次又一次地回到智能手机上，也无法区分哪种行为才是哪种初始驱动力的表现。好奇、无聊、娱乐的意愿。孩子对黑暗的恐惧。

说　明

《别处的餐厅》借鉴了威廉·T. 福尔曼（William T. Vollmann）的作品。在这篇小说中，“尿路感染”这一小节的第一行插入了福尔曼《送给格洛丽亚的妓女》（*Whores for Gloria*）中的一句话。“我的生活过得不对”这一小节的标题借用了威廉·H. 加斯（William H. Gass）一九六九年首次发表在《新美国评论》（*New American Review*）上的短篇小说《我们没有过上正确的生活》（*We Have Not Lived the Right Life*）的标题。

《转移注意忘掉悲伤并不等于幸福》是我在二〇一〇年代初在网上发现的一句话，作者不详。

《搜索引擎优化》包含了马克·费舍尔（Mark Fisher）在二〇一一年“虚拟未来”大会上的演讲《没有时间》（*No Time*）中关于邮箱的观点。

致 谢

感谢特蕾西·博汉（Tracy Bohan）和亚历克斯·鲍勒（Alex Bowler）为本书出版所做的一切工作。

感谢《刺蝇》(*The Stinging Fly*）和《格兰塔》的编辑们对我的早期写作给予的重视。

另外还要感谢埃里克·钦斯基（Eric Chinski），最后还要感谢A.C. 和 A.E. 给予我的鼓励。

读书人

SHORT CLASSICS
短经典精选

短经典精选系列

走在蓝色的田野上
〔爱尔兰〕克莱尔 · 吉根 著 马爱农 译

爱，始于冬季
〔英〕西蒙 · 范 · 布伊 著 刘文韵 译

爱情半夜餐
〔法〕米歇尔 · 图尼埃 著 姚梦颖 译

隐秘的幸福
〔巴西〕克拉丽丝 · 李斯佩克朵 著 闵雪飞 译

雨后
〔爱尔兰〕威廉 · 特雷弗 著 管舒宁 译

闯入者
〔日〕安部公房 著 伏怡琳 译

星期天
〔法〕伊莱娜 · 内米洛夫斯基 著 黄荭 译

二十一个故事
〔英〕格雷厄姆 · 格林 著 李晨 张颖 译

我们飞
〔瑞士〕彼得 · 施塔姆 著 苏晓琴 译

时光匆匆老去
〔意〕安东尼奥 · 塔布齐 著 沈萼梅 译

不中用的狗
〔德〕海因里希 · 伯尔 著 刁承俊 译

俄罗斯套娃
〔阿根廷〕比奥伊 · 卡萨雷斯 著 魏然 译

避暑
〔智利〕何塞 · 多诺索 著 赵德明 译

四先生
〔葡〕贡萨洛 · 曼努埃尔 · 塔瓦雷斯 著 金文彭 译

房间里的阿尔及尔女人
〔阿尔及利亚〕阿西娅 · 吉巴尔 著 黄旭颖 译

拳头
〔意〕彼得罗·格罗西 著 陈英 译

烧船
〔日〕宫本辉 著 信誉 译

吃鸟的女孩
〔阿根廷〕萨曼塔·施维伯林 著 姚云青 译

幻之光
〔日〕宫本辉 著 林青华 译

家庭纽带
〔巴西〕克拉丽丝·李斯佩克朵 著 闵雪飞 译

绕颈之物
〔尼日利亚〕奇玛曼达·恩戈兹·阿迪契 著 文敏 译

迷宫
〔俄罗斯〕柳德米拉·彼得鲁舍夫斯卡娅 著 路雪莹 译

奇山飘香
〔美〕罗伯特·奥伦·巴特勒 著 胡向华 译

大象
〔波兰〕斯瓦沃米尔·姆罗热克 著 茅银辉 易丽君 译

诗人继续沉默
〔以色列〕亚伯拉罕·耶霍舒亚 著 张洪凌 汪晓涛 译

狂野之夜：关于爱伦·坡、狄金森、马克·吐温、詹姆斯和海明威最后时日的故事（修订本）
〔美〕乔伊斯·卡罗尔·欧茨 著 樊维娜 译

父亲的眼泪
〔美〕约翰·厄普代克 著 陈新宇 译

回忆，扑克牌
〔日〕向田邦子 著 姚东敏 译

摸彩
〔美〕雪莉·杰克逊 著 孙仲旭 译

山区光棍
〔爱尔兰〕威廉·特雷弗 著 马爱农 译

格来利斯的遗产
〔爱尔兰〕威廉·特雷弗 著 杨凌峰 译

终场故事集
〔爱尔兰〕威廉·特雷弗 著 杨凌峰 译

令人反感的幸福
〔阿根廷〕吉列尔莫·马丁内斯 著 施杰 译

炽焰燃烧
〔美〕罗恩·拉什 著 姚人杰 译

美好的事物无法久存
〔美〕罗恩·拉什 著 周嘉宁 译

魔桶
〔美〕伯纳德·马拉默德 著 吕俊 译

当我们不再理解世界
〔智利〕本哈明·拉巴图特 著 施杰 译

海米的公牛
〔美〕拉尔夫·艾里森 著 张军 译

对不起，我在找陌生人
〔英〕缪丽尔·斯帕克 著 李静 译

爱因斯坦的怪兽
〔英〕马丁·艾米斯 著 肖一之 译

基顿小姐和其他野兽
〔安道尔〕特蕾莎·科隆 著 陈超慧 译

在陌生的花园里
〔瑞士〕彼得·施塔姆 著 陈巍 译

初恋总是诀恋
〔摩洛哥〕塔哈尔·本·杰伦 著 马宁 译

美好事物的忧伤
〔英〕西蒙·范·布伊 著 郭浩辰 译

一切破碎，一切成灰
〔美〕威尔斯·陶尔 著 陶立夏 译

纵情生活
〔法〕西尔万·泰松 著 范晓菁 译

命若飘蓬
〔法〕西尔万·泰松 著 周佩琼 译

爱，趁我尚未遗忘
〔海地〕莱昂内尔·特鲁约 著 安宁 译

水最深的地方
〔爱尔兰〕克莱尔·吉根 著 路旦俊 译

石泉城
〔美〕理查德·福特 著 汤伟 译

哥哥回来了
〔韩〕金英夏 著 薛舟 译

他们自在别处
〔日〕小川洋子 著 伏怡琳 译

恋爱者的秘密生活
〔英〕西蒙·范·布伊 著 李露 卫炜 译

在奥德河的这一边
〔德〕尤迪特·海尔曼 著 任国强 戴英杰 译

当我们谈论安妮·弗兰克时我们谈论什么
〔美〕内森·英格兰德 著 李天奇 译

死水恶波
〔美〕蒂姆·高特罗 著 程应铸 译

一个自杀者的传说
〔美〕大卫·范恩 著 索马里 译

我的爱情，我的伞
〔爱尔兰〕约翰·麦加恩 著 〔爱尔兰〕科尔姆·托宾 编 张芸 译

蝴蝶的舌头
〔西班牙〕马努埃尔·里瓦斯 著 李静 译

未始之初
〔西班牙〕梅尔塞·罗多雷达 著 元柳 译

子弹头列车
〔加拿大〕邓敏灵 著 梅江海 译

聚会，1980
〔美〕朱诺·迪亚斯 著 周丽华 译

你就这样失去了她
〔美〕朱诺·迪亚斯 著 陆大鹏 译

再见，非洲

〔肯〕恩古吉·瓦·提安哥 著 郦青 译

魔术师

〔日〕小川哲 著 丁丁虫 吴曦 译

犒赏系统

〔英〕杰姆·卡德尔 著 陈新宇 译